诗人与诗

韩愈

雪拥蓝关马不前

吴修丽 翟玉梅 编

河海大学出版社
HOHAI UNIVERSITY PRESS
·南京·

图书在版编目（CIP）数据

韩愈 ： 雪拥蓝关马不前 / 吴修丽， 翟玉梅编. --
南京 ： 河海大学出版社， 2022.6
（诗人与诗 / 李路主编）
ISBN 978-7-5630-7401-3

Ⅰ. ①韩… Ⅱ. ①吴… ②翟… Ⅲ. ①唐诗—诗集②古典散文—散文集—中国—唐代③韩愈（768-824）—人物研究 Ⅳ. ①I214.232②K825.6

中国版本图书馆CIP数据核字(2022)第057164号

丛 书 名 / 诗人与诗
书　　名 / 韩　愈：雪拥蓝关马不前
HANYU:XUE YONG LANGUAN MA BUQIAN
书　　号 / ISBN 978-7-5630-7401-3
责任编辑 / 毛积孝
丛书主编 / 李　路
特约编辑 / 齐　静
特约校对 / 王　敏
装帧设计 / 刘昌凤
出版发行 / 河海大学出版社
地　　址 / 南京市西康路1号（邮编：210098）
电　　话 / （025）83737852（总编室）
/ （025）83722833（营销部）
经　　销 / 全国新华书店
印　　刷 / 三河市元兴印务有限公司
开　　本 / 660毫米×960毫米　1/16
印　　张 / 12.5
字　　数 / 149千字
版　　次 / 2022年6月第1版
印　　次 / 2022年6月第1次印刷
定　　价 / 59.80元

目录

韩愈生平与创作

韩愈诗

韩愈文

韩愈生平与创作

生平：命运多舛，铁骨铮铮

少年时期

韩愈（768—824），字退之，祖籍河南河阳（今河南省孟州市），其宗族曾居昌黎（今河北省昌黎县），在当地是名门望族，因此韩愈自称“郡望昌黎”，世称“韩昌黎”。韩愈晚年任唐朝吏部侍郎，因此又称其为“韩吏部”。韩愈死后谥号“文”，人们又尊称他为“韩文公”。韩愈是唐代著名的思想家、文学家和哲学家，著有《韩昌黎集》，又名《昌黎先生集》，有“文章巨公”和“百代文宗”之美誉。他与柳宗元倡导“古文运动”，被后人并称“韩柳”。宋代苏轼称他为“文起八代之衰”，明代文化界推他为唐宋八大家之首。

唐代宗大历三年（768），韩愈出生在一个官僚世家。韩氏家族上溯八代都在朝廷供职。到了韩愈的父辈这代，父亲韩仲卿做了武昌令和鄱阳令，叔父韩少卿为当涂县丞，韩云卿为监察御史，韩绅卿为高邮尉。李白曾作《武昌宰韩君去思颂碑》表达对韩愈的父亲韩仲卿的钦佩；李白与韩愈的叔父韩云卿也相交甚好，曾赠诗《金陵听韩侍御吹笛》：“韩公吹玉笛，倜傥流英音。风吹绕钟山，万壑皆龙吟。王子停凤管，师襄掩瑶琴。余韵度江去，天涯安可寻。”由此可见，韩愈的父亲与叔父在当时是有一定威望的。

但是命运并没有优待韩愈。在他出生还不到两个月的时候，母亲便去世了，在他三岁时，父亲也去世了，于是韩愈便由兄嫂抚养长大。韩愈的兄长韩会大约在三十七岁那年，由宰相元载提拔进入朝廷，做了起居舍人，官居六品，随侍在皇帝左右，负责记录、编录皇帝及宰相议政的言论。也就是从这一年开始，七岁的韩愈跟随兄嫂居住在长安。

然而，在韩愈十二岁的时候，当初提拔韩会的宰相元载，由于勾结宦官，被赐自尽。韩会被朝廷认定为元载的同党而被贬谪到广东韶州做刺史，于是韩愈就随兄嫂来到岭南。不到两年，韩会就因忧愤死在了任上，韩愈只得跟随嫂嫂郑氏返回老家河阳。

韩愈在老家没有居住多久，德宗建中二年（781），北方爆发了“四镇之乱”，十四岁的韩愈只得又随家人南迁，来到了宣城避难。

仕途曲折

韩愈并没有因为家庭的不幸放弃学业。父亲与兄长在世时，对于韩愈的教育十分严格。他们去世后，好在嫂嫂郑氏也有着较高的文化素养，给予了韩愈很大的帮助。韩愈在学习上非常自觉，也非常刻苦，有史料记载，他“七岁好学，言出成文”“尽能通六经、百家学”。十三岁时，韩愈便能写文章，拜当时的名人独孤及、梁肃为师。受到家庭环境的影响，韩愈在小时候就立志通过科举，投身仕宦，重振家风。但是韩愈的科举之路却历经磨难。

贞元二年（786），十九岁的韩愈拜别嫂嫂，离开江南宣城，只身前往长安，他准备先投奔族兄韩弇。不巧的是，就在韩愈快到长安时，唐德宗命河中节度使浑瑊与吐蕃缔结盟约，韩弇以殿中侍御史为判官前往河中。不久之后便传来吐蕃劫盟的消息，除浑瑊一人逃脱外，其余一千多人全部被吐蕃所擒，韩弇也遇害了。韩愈只能孤身在长安闯荡。

贞元三年（787），韩愈第一次参加科举考试，可是结果不尽如人意。考试落第后，韩愈得到了北平王马燧的帮助，这才得以继续留在长安。

在之后的三年间，韩愈又参加了两次科举考试，仍是落第。

终于在贞元八年（792），二十五岁的韩愈受到古文先驱梁肃的推荐中了进士。可是考中进士的韩愈却不能立刻进入仕途，因为还要经过吏部的考试，按照成绩的高低，再给官职。吏部考试中，有一个名叫“博学宏辞”的科目，贞元九年（793），韩愈应考“博学宏辞”却失败了；第二年，韩愈再次参加“博学宏辞”考试，仍是失败；第三年，韩愈又去参加考试，还是失败！韩愈虽然在考试上不顺利，但是他的散文已经显示出高超的水平与伟大的抱负，如《应科目时与人书》《答崔立之书》等。

接连的失败让韩愈心灰意冷，但是他并没有向命运屈服，仍然孜孜以求入仕之路。这次他采用了向宰相上书，做自我推荐的方式。可是他的上书如石沉大海，杳无音信。韩愈没有放弃，隔了十九日之后再次上书，未有回响，隔了二十九日之后，韩愈第三次上书，仍然没有效果，韩愈只好郁郁地离开了长安。

在他参加科举考试期间，他的嫂嫂郑氏去世了，他回到河阳为嫂嫂守丧五个月，以感念她的抚养之恩。

贞元十二年（796），二十九岁的韩愈终于等来了机会。韩愈进入了时任宣武节度使董晋的幕府，跟随他来到了开封，此时韩愈并没有被授予官职。

直到三十一岁的时候，韩愈才正式得到“汴宋亳颍等州观察推官”的任命，开始了他的仕途。

贞元十六年（800）冬，韩愈第四次参加吏部考试，次年（801）通过铨选。这一年他写的《答李翊书》，阐述了将“古文运动”和“儒学复古运动”紧密结合在一起的主张，是韩愈发起“古文运动”的代表作。贞元十八年（802）春，韩愈三十五岁，被任命为国子监四门博士，这是韩愈进入京师政府机构任职的开端。

贞元十九年（803）冬，韩愈晋升为监察御史。但是好景不长，他受到了小人的谗害，被贬为连州阳山令。在阳山任职一年多后，韩愈又被调往江陵（今湖北省江陵县）任法曹参军。

元和元年（806）六月，韩愈被召回长安，官授权知国子博士。之后几年里韩愈都在京城中，还以行军司马的身份，协助宰相裴度平定了淮西叛乱，晋升为刑部侍郎。

韩愈的政治生涯才刚刚开始，但因为他直言不讳的性子而再次掀起了波澜。当时朝廷上下盛行佛教，元和十四年（819），宪宗皇帝派遣使者去凤翔迎接佛骨，要在宫廷中供奉。韩愈毅然上书《论佛骨表》，指出了佛教盛行的恶果。他认为佛教从汉明帝时传入中国后，笃信佛教的皇帝都过早去世，以佛道来治理国家引发无限祸乱，所以信仰佛教不能长寿也不能治国，供佛骨之举没有任何实际意义，他要求将佛骨“投诸水火，永绝根本，断天下之疑，绝后代之惑”。这篇文章观点明确、言辞激烈。宪宗看完大怒，认为韩愈是在诅咒他，准备对他处以极刑。幸好当时的宰相裴度是韩愈的好友，极力为他求情，韩愈这才免除一死，被贬为潮州刺史。

韩愈在潮州刺史的任上只有短短八个月，这期间，他体恤民情、兴修水利、兴办乡校，做出了很多政绩。元和十五年（820）九月，韩愈被调为国子祭酒。长庆元年（821）七月，韩愈转任兵部侍郎。第二年，韩愈未耗费一兵一卒，平息了镇州之乱，史称“勇夺三军帅”。九月，他转任吏部侍郎。

长庆三年（823）六月，韩愈晋升为京兆尹兼御史大夫。后来他相继调任兵部侍郎、吏部侍郎。

长庆四年（824），韩愈患重病，十二月二日，病逝于长安，终年五十七岁。

识才爱才

韩愈是个性情中人，他不仅在政事上为民请命，直言敢谏，对于朋友也是真诚相待，遇到有才学又与他志气相投之士更是极为推崇。

孟郊就是韩愈的一位好友。孟郊，字东野，长韩愈十七岁，是韩愈的忘年之交。贞元八年（792），他们两人因在长安应进士试而相识。当时，孟郊已四十一岁了，这次应试又落榜了，但是他遇到了韩愈，两个人惺惺相惜，开始了长达二十二年的友谊，彼此间有许多唱和的诗文。孟郊一生潦倒失意，直到四十六岁才进士登科，五十岁授溧阳尉。元和九年（814），孟郊任元兴军参谋，在赴任途中暴病身亡。韩愈在《贞曜先生墓志铭》中沉痛地哀悼孟郊，并募款为之料理后事。

韩愈与柳宗元也是好友。柳宗元，字子厚，年龄比韩愈小五岁。他们二人都好古文，同为“古文运动”的倡导者。但在政治立场上，韩愈是守旧派，柳宗元是革新派，在顺宗任用王叔文集团进行永贞政治革新运动时，韩愈还对柳宗元参加革新运动提出批评。此外，他们创作古文、对待佛教的立场也不相同，但这并不妨碍他们之间深厚的友谊。

韩愈与贾岛的相识也有一段佳话，“推敲”一词就是由此而来。贾岛，人称“诗奴”，与孟郊共称“郊寒岛瘦”。贾岛一生时运不济，屡次不第。相传贾岛到京城长安参加科举考试，一天骑在驴背上吟得诗句：“闲居少邻并，草径入荒园。鸟宿池边树，僧敲月下门。过桥分野色，移石动云根。暂去还来此，幽期不负言。”对于“僧敲月下门”这一句，贾岛本想要用“推”字，后来又想要用“敲”字，一直未能确定用哪个字更精美传神，于是在驴背上吟咏诵读，反复琢磨。这时，时任吏部侍郎兼京兆尹的韩愈正路过此地，贾岛因过于投入而冲撞到了仪卫队。随从人员将贾岛带到韩愈面前，韩愈没有责备他，而是耐心地问他缘由。贾岛便向韩愈解释自己吟得的诗句。韩愈意识到这是一位读书人啊，停马伫立很久，对贾岛说道：“还是用‘敲’字更好啊。”之后二人经常在一起讨论诗歌创作，韩愈也不顾身份的悬殊，与贾岛结为好友。韩愈认为贾岛有大才，并向皇帝极力推荐，于是，在韩愈的推荐下贾岛得以进入朝堂。

由此可见韩愈十分爱护人才，是个真正的伯乐。韩愈门下的弟子皆有所成，被称为“韩门弟子”。《新唐书·韩愈传》云：“成就后进士，往往知名。经愈指授，皆称‘韩门弟子’，愈官显，稍谢遣。”张籍就是韩愈门下一位十分出色的弟子。韩愈举荐张籍进士及第，后来又推荐他出任水部郎中、国子司业。韩愈并不以张籍的老师和恩人自居，而是视张籍为信得过的朋友。《早春呈水部张十八员外二首》就是韩愈写给张籍的七言绝句，千古流传。

李翱也是韩门弟子，还是韩愈的侄女婿。贞元十二年（796），李翱赴汴州拜韩愈为师，学习古文，此后一直追随韩愈，并积极推广韩愈所提倡的古文之道。

复兴儒学

唐代经济繁荣、思想开放，儒、佛、道家都有发展空间，是中国历史发展中的一个鼎盛时期。但是从天宝十四载（755）爆发“安史之乱”后，整个国家就急剧地走下坡路，动乱连年，经济衰敝，矛盾丛生。韩愈生活的时代就是“安史之乱”后的中唐时期，那时社会政治状况混乱，佛教泛滥，道教盛行，作为封建社会精神支柱的儒家思想反而被削弱。韩愈的兄长韩会、叔父韩云卿都是倾向于儒家复古运动的人物，受他们影响，韩愈提倡儒家正统思想，反对佛、老思想。

韩愈提倡的是儒家道统，道统就是“先王之教”，他认为只有《诗》《书》《礼》《易》《春秋》才是经典，只有礼、乐、刑、政才能治理天下。“道统”的提出，使儒家文化再次回归，开始沿着自己的脉络不断发展，史家称之为“新儒学”。

韩愈在研究儒家道统的时候，萌发了倡导古文的念头。在唐代文坛，骈文占据统治地位。骈文起源于汉末，从南北朝开始盛行，到了中唐，句式固化，堆砌辞藻，极大地影响了思想情感的表达。韩愈率先提出“古文”这个概念，“古文”指的是先秦两汉时期的散文，奇句单行，与骈文相对。唐德宗贞元十七年（801），贡士李翊向韩愈请教写文章的技巧，韩愈回了一封《答李翊书》，由此揭开了“古文运动”的序幕。在《答李翊书》中，韩愈提出了“务去陈言”的观点，反对过分追求形式的骈文，提倡散文，强调“文以载道”，反对华而不实的形式主义文风。他提出的“文道合一”“气盛言宜”“务去陈言”“文从字顺”等散文的写作理论，对后世有很大的指导意义。

创作：诗文兼备，风格多变

风格多变

韩愈一生创作诗歌三百余首，佳作颇丰。综观韩愈的诗歌创作，能够发现，韩愈在有意识地追求诗歌风格的多样性，其诗风随着其人生经历而变化着。他早期作品平正古朴，被贬阳山之后追求雄奇险怪；到了晚年，创作风格又渐趋平缓，清新自然。

唐代文人间重视交游，他们借彼此间的往来、交流与唱和，在增进自身见闻的同时，还互相激励，进而擦撞出文学火花，创作了许多佳作。韩愈具有拯世济人的壮志和忧国忧民的情怀：对于与他志同道合的人，他总是竭诚以待；对于年轻的朋友，他善于勉励、点拨。

孟郊是怀才不遇的寒士典型，韩愈对孟郊的才学十分钦佩，也同情孟郊的遭遇，两人在文学理念上也高度一致，都推崇复古，所以韩愈写给孟郊的诗最多。如为送孟郊谒见张建封而作的《孟生诗》，“孟生江海士，古貌又古心”刻画出孟郊的古朴；“异质忌处群，孤芳难寄林。谁怜松桂性，竞爱桃李阴”写的是孟郊不受重用，在京城到处碰壁的困境；“顾我多慷慨，穷檐时见临。清宵静相对，发白聆苦吟”写的是孟郊苦吟作诗的场景；结尾“求观众丘小，必上泰山岑。求观众流细，必泛沧溟深。子其听我言，可以当所箴”对孟郊进行了殷切的劝勉，鼓励孟郊继续坚持，不要被眼前的困难打倒。全诗流露出他真诚的心意。

韩愈对张籍也是不吝夸赞，在《此日足可惜赠张籍》中称赞张籍的学问如同大江大湖一样辽阔：“岁时未云几，浩浩观湖江。”在众人都不看好张籍的时候，韩愈坚持认为张籍是个人才，“众夫指之笑，谓我知不明。儿童畏雷电，鱼鳖惊夜光。州家举进士，选试缪所当。驰辞对我策，章句何炜煌。”果然张籍没有辜负他的期望，在考试中表现十分出色。诗的最后，韩愈也对张籍进行了勉励：“男儿不再壮，百岁如风狂。高爵尚可求，无为守一乡。”让他趁着年轻，积极宦游，不要只待在一个地方。在这些诗中，展现了韩愈敬佩人才、爱惜人才的长者形象。

韩愈以诗明志，表达对于儒家的推崇，对佛教、道教的批判。《谢自然诗》叙述女道士谢自然玩弄骗术、迷惑群众的经过，用大量事实和道理弘扬儒家思想，批驳邪说，教育民众：“人生有常理，男女各有伦。寒衣及饥食，在纺绩耕耘。下以保子孙，上以奉君亲。苟异于此道，皆为弃其身。噫乎彼寒女，永托异物群。感伤遂成诗，昧者宜书绅。”在《广宣上人频见过》中，韩愈表达了对于广宣上人频频造访的厌烦：

三百六旬长扰扰，不冲风雨即尘埃。
久惭朝士无裨补，空愧高僧数往来。
学道穷年何所得，吟诗竟日未能回。
天寒古寺游人少，红叶窗前有几堆。

广宣上人是位很活跃的诗僧，以诗文和京城中的士大夫结交。韩愈在诗中强调他学习的是儒家圣道，推崇的是孔孟之学，表达出他和广宣上人在观念上的不同见解，说明他们之间有不可逾越的隔阂。

韩愈还创作了大量想象夸张、意境雄浑的诗歌，这些诗歌主要创作于被贬潮州时期。诗人郁郁不得志、孤愤难平等复杂情感在潮州偏僻的自然环境的浸染下，形成了一个个或雄壮，或奇崛，或怪异，或险恶的意象，批评家常用“奇崛险怪”来形容。

为了追求奇险的艺术效果，韩愈在语言上狠下了一番功夫。他好用奇字新语，《岳阳楼别窦司直》中：“巍峨拔嵩华，腾踔较健壮。声音一何宏，轰辐车万两。犹疑帝轩辕，张乐就空旷。蛟螭露笋簴，缟练吹组帐。”《荐士》中：“横空盘硬语，妥帖力排奡。敷柔肆纡余，奋猛卷海潦。”《送无本师归范阳》中：“蛟龙弄角牙，造次欲手揽。众鬼囚大幽，下觑袭玄窞。天阳熙四海，注视首不颔。鲸鹏相摩窣，两举快一啖。”这些诗作的词句无不诙诡奇崛，生僻罕见，形成了独特的艺术效果。

韩愈在创作时的想象也极为奇特，在《苦寒》中描写天气的寒冷为：“凶飙搅宇宙，铓刃甚割砭。日月虽云尊，不能活乌蟾。羲和送日出，恇怯频窥觇。炎帝持祝融，呵嘘不相炎。”描写雪时一改别人笔下晶莹洁白的形象，“鲸鲵陆死骨，玉石火炎灰”（《咏雪赠张籍》）。韩愈用这些夸张、冷酷的词汇，来表达他对这个充满险恶的现实世界的怨恨。

同时，韩愈对同时代诗人作品的评价也体现了他“尚奇”的审美标准，如他评价孟郊诗歌“横空盘硬语，妥帖力排奡”，即语言文字要奇诡怪异，思想要纵横，笔力要雄健。这种风格不仅需要大胆的想象，还需要推敲字句，精雕细琢，才能创作出不同于世俗的险语奇句。

韩愈还有许多清新自然的小诗，如《晚春》中对于自然景物的描写：

草树知春不久归，百般红紫斗芳菲。

杨花榆荚无才思，惟解漫天作雪飞。

《题秀禅师房》中写的是和友人坐卧垂钓，体现了悠然平和的心境：

桥夹水松行百步，竹床莞席到僧家。

暂拳一手支头卧，还把鱼竿下钓沙。

代表作《早春呈水部张十八员外二首（其一）》，作于长庆三年（823）吏部任上，写得清新自然而富有机趣：

天街小雨润如酥，草色遥看近却无。

最是一年春好处，绝胜烟柳满皇都。

这首诗读起来十分流畅自然，语言也是口语化的，看似平淡却绝不普通。韩愈用诗的语言描绘出早春时节极难描摹的一种淡素的、似有却无的绿色。如果没有锐利细致的观察力和高超的诗笔，是无法表现的。“奸穷怪变得，往往造平澹”（《送无本师归范阳》），他的平淡背后是艰苦的琢磨与积累。

以文为诗

“以文为诗”是诗歌创作的一种艺术手法，是指在写诗中少用形象思维，像散文一样平铺直叙。第一次提出“以文为诗”这个词的是宋代陈师道，他在《后山诗话》中说“退之以文为诗，子瞻以诗为词，如教坊雷大使之舞，虽极天下之工，要非本色。今代词手，惟秦七黄九尔，唐诸人不迨也”。可见最先使用这种创作手法的是韩愈。

《山石》是“以文为诗”的代表作品，采用一般山水游记散文的记叙方式，从行至山寺，到游览，到离开山寺，让人身临其境。全诗二十句，一韵到底。开始用两句叙述游山时到寺院留宿，“山石荦确行径微，黄昏到寺蝙蝠飞”，记叙了路况和时间；接着用两句写寺内环境“升堂坐阶新雨足，芭蕉叶大栀子肥”；又写在寺中参观、吃饭、休息，“僧言古壁佛画好，以火来照所见稀。铺床拂席置羹饭，疏粝亦足饱我饥。夜深静卧百虫绝，清月出岭光入扉”；再描写天明后出山回家，“天明独去无道路，出入高下穷烟霏。山红涧碧纷烂漫，时见松枥皆十围。当流赤足蹋涧石，水声激激风吹衣”；最后用四句感慨来结束，“人生如此自可乐，岂必局束为人鞿。嗟哉吾党二三子，安得至老不更归”。全诗条理清晰，流畅自然，语言古朴，体现出古文章法。

又如《利剑》一诗：

利剑光耿耿，佩之使我无邪心。

故人念我寡徒侣，持用赠我比知音。

我心如冰剑如雪，不能刺谗夫，使我心腐剑锋折。

决云中断开青天，噫！剑与我俱变化归黄泉。

诗歌打破了整齐规范的律诗结构，使得句式奇偶交错，张弛有度，将“我”“剑”都不得用的愤懑之情表达得淋漓尽致，贴切、简洁地描述出诗人内心的汹涌与激荡。

气势磅礴

韩愈倡导的“古文运动”，将中国古代散文提高到一个新水平。他的散文突破陈规、独辟蹊径。他将古人的语言熔炼成新的词汇，如佶屈聱牙、不平则鸣、垂头丧气、俯首帖耳、蝇营狗苟、面目可憎、动辄得咎等，丰富了中国语言词汇。他的散文风格豪迈奔放、气势宏大、逻辑严整、思想深刻。苏轼称赞他“文起八代之衰，道济天下之溺”，韩愈的散文对后世文坛产生了深远而广泛的影响。

《送孟东野序》是一篇送别序，当时孟郊仕途不得意，韩愈安慰他，并提出了一套“不平则鸣”的理论。“大凡物不得其平则鸣。草木之无声，风挠之鸣；水之无声，风荡之鸣。——其跃也或激之，其趋也或梗之，其沸也或炙之；金石之无声，或击之鸣；人之于言也亦然，有不得已者而后言。”韩愈称赞孟郊的文字可以和古代圣贤相比拟，但需要善于表达，“不平则鸣”。本文立意从“鸣”字生发，雄辩的议论自然流露出作者的感慨之情。

他的《祭十二郎文》为祭文中的名篇，被人们誉为“千年绝调”。韩愈幼年丧父，靠兄嫂抚养成人，与侄子十二郎一起长大，感情特别深厚。成年后的韩愈四处漂泊，几次想要与十二郎团聚，却不得愿。正当韩愈官运好转，有可能与十二郎相聚的时候，突然传来他的噩耗。韩愈悲痛欲绝，写下这篇祭文。“孰谓少者殁而长者存，强者夭而病者全乎！呜呼，其信然邪？其梦邪？其传之非其真邪？信也，吾兄之盛德而夭其嗣乎？汝之纯明而不克蒙其泽乎？少者、强者而夭殁，长者、衰者而存全乎？”韩愈将听到噩耗时的不愿相信又不得不信的心理，表现得尤为真实动人。最后交代迁葬及教养遗孤等事，“自今以往，吾其无意于人世矣。当求数顷之田于伊、颍之上，以待余年。教吾子与汝子，幸其成；长吾女与汝女，待其嫁——如此而已。”可谓字字是血，句句是泪，感人肺腑。苏轼把它与《出师表》《陈情表》并举，称其“悲痛悲切，皆出于至情之中，不期然而然也”。

思想深刻

韩愈的散文不仅形式多种多样，而且思想深刻，可以概括为以下几点：一是揭露并抨击政治的黑暗和社会的丑恶；二是阐发自己在教育等方面的观点；三是表达怀才不遇者的悲愤与无奈；四是对封建科举官僚制度的控诉。

他的“五原”以佛、道为主要抨击对象，维护儒家纲常礼教。“五原”包括《原道》《原性》《原毁》《原人》《原鬼》。

《原道》是总纲，是一篇针砭时弊的政治论文。在这里韩愈鲜明地举起了儒道正统的大旗。“是故君者，出令者也；臣者，行君之令而致之民者也；民者，出粟米麻丝，作器皿，通货财，以事其上者也。君不出令，则失其所以为君；臣不行君之令而致之民，则失其所以为臣；民不出粟米麻丝，作器皿，通货财，以事其上，则诛。今其法曰：‘必弃而君臣，去而父子，禁而相生相养之道，以求其所谓清净寂灭者。’呜呼！其亦幸而出于三代之后，不见黜于禹、汤、文、武、周公、孔子也；其亦不幸而不出于三代之前，不见正于禹、汤、文、武、周公、孔子也。”韩愈从社会分工的角度，讲述了儒家所倡导的“君君臣臣”社会结构的合理性。在文章最后，韩愈指出，儒家的“仁义道德”之说是一脉相承的，自古以来从未断绝，形成了一个具有鲜明谱系特点的“道统”：“尧以是传之舜，舜以是传之禹，禹以是传之汤，汤以是传之文武周公，文武周公传之孔子，孔子传之孟轲；轲之死，不得其传焉。”对于道统的传承，韩愈表现出了舍我其谁的自信。

其余四篇为分论，《原性》从人性上来宣扬儒道；《原人》以华夏为中心，认为佛教是外来宗教，是夷狄之教；《原鬼》是为了威吓民众，如果谁违背了天意，就会受到鬼怪的惩罚；《原毁》批评了当今君子道德低下，他们不自我提高还耻笑别人的丑恶心态，韩愈对这种现实发出了慨叹。

“五原”是韩愈思想走向成熟的标志，阐明了儒学思想和主张，代表着新儒学的先声和理论，在唐宋时期产生了巨大的影响。

贞元十九年（803），韩愈写了名作《师说》，这是韩愈系统地提出师道理论的著作。《师说》论述了从师学习的必要性，批判了社会上“耻学于师”的不良风气，打破了封建传统的师道观念，告诉人们老师就是“传道授业解惑”的人。

韩愈作《师说》，论述师道，也是他提倡儒学和文学“复古”事业的重要内容，因为师道乃是传播圣人之道、教授古文之业的保障。这篇文章文辞犀利：“巫医、乐师、百工之人，不耻相师。士大夫之族，曰师、曰弟子云者，则群聚而笑之。问之，则曰：彼与彼，年相若也，道相似也。位卑则足羞，官盛则近谀。呜呼！师道之不复可知矣。巫医、乐师、百工之人，君子不齿。今其智乃反不能及，其可怪也欤！”韩愈以此大力抨击了士大夫之间耻于相师的现状，批评他们不如“巫医、乐师、百工”。

在《马说》一文中，韩愈感慨管理者不能识别人才，不重视人才，最终导致人才被埋没的悲哀。《马说》属于寓言文，构思与表达十分精妙。文章就“伯乐相马”这一常见典故展开，集中在“千里马常有，而伯乐不常有”这一对矛盾上，进而又归结到马之“千里”与“食之”不以其道的矛盾。韩愈通过层层剖析后发出的一句“其真不知马也”具有震慑人心的力量，引起了人们强烈的心理共鸣。

韩愈一生跌宕起伏，他才华横溢，却屡试不中；他忠心耿耿，却常被谗言所害。但是他勤勉务实，厚积薄发。作为文坛领袖，他广纳贤才，积极引荐；作为作家，他大胆创新，诗文气势磅礴；作为朝廷官员，他刚直敢谏，为民请愿。韩愈以他文学与人格的双重魅力，成就了中国文学史上浓墨重彩的一笔。

韩愈诗

别盈上人

山僧爱山出无期[1]，俗士牵俗来何时。

祝融峰[2]下一回首，即是此生长别离。

◇注释

[1] 无期：没有期限。

[2] 祝融峰：衡山的主峰，位于湖南省衡阳市。

◇译文

山中的僧人因为喜欢山林，一辈子不出山，也没有还俗的日期。世俗之士被红尘牵绊，随时而来，随时而走。

今日我与僧人们在祝融峰下分别，这一别恐怕就是永久的分别了。

病中赠张十八

中虚得暴下[1]，避冷卧北窗。
不蹋晓鼓朝，安眠听逢逢。
籍也处闾里，抱能未施邦。
文章自娱戏，金石日击撞。
龙文百斛鼎，笔力可独扛。
谈舌久不掉，非君亮谁双？
扶几导之言，曲节初摐摐。
半途喜开凿，派别失大江。
吾欲盈其气，不令见麾幢。
牛羊满田野，解旆束空杠[2]。
倾尊与斟酌，四壁堆罂缸[3]。
玄帷隔雪风，照炉钉明釭。
夜阑纵捭阖，哆口疏眉厖，
势侔[4]高阳翁，坐约齐横降。
连日挟所有，形躯顿胮肛。
将归乃徐谓，子言得无哤[5]。

回军与角逐，斫树收穷庞。
雌声吐款要[6]，酒壶缀羊腔[7]。
君乃昆仑渠，籍乃岭头泷，
譬如蚁垤[8]微，讵可陵崆峣[9]？
幸愿终赐之，斩拔枿[10]与桩。
从此识归处，东流水淙淙。

◇注释

[1] 暴下：突然腹泻。

[2] 杠：旗杆。

[3] 罂缸：罂、缸皆是盛酒的容器。

[4] 侔（móu）：齐等，相当。

[5] 哤（máng）：语言杂乱。

[6] 款要：真情。

[7] 羊腔：羊的肋肉。

[8] 蚁垤（dié）：蚂蚁做窝时堆在穴口的小土堆，又称“蚁冢”或“蚁封”。

[9] 崆峣：高峻的山石。

[10] 枿（niè）：同“蘖”。树木砍伐后复生的枝条。

◇译文

我突然腹泻，为了避寒躺在北窗下养病。

早上不用踏着鼓声去上朝，我安卧在床上听着阵阵鼓声。

张籍刚好也在闾里居住，他有着经邦济世的才能，尚未得到施展。

他每天写些文章自娱自乐，就像每天激荡的金石之声一样。

他的文章气势如虹，笔力雄健，就像一人独自扛起了千斤重的龙文鼎。

我已经很久没有与他人高谈阔论了，除了你，谁能是我的对手呢？

我靠在小桌子上引导着他说话，在曲曲折折的交谈中，我一开始对他的想法并不服气。

我很高兴他的话就像开凿了的河道一样，滔滔不绝。但话题一多，就像汇入长江的九条支流，竟忘记了源头在哪儿。

我想让他尽情地表达自己的想法，不去反驳他，也不让他看到我思想的旗帜。

我到处布下疑阵，像把牛羊布满在田野上，并且解下了旗帜而只留旗杆。

我为他倒酒与其共饮，四周都放满了酒缸。

我用黑色的帘子隔开了户外的风雪，点亮了灯照着我们的酒桌。

一直到深夜，他的议论仍然是纵横捭阖，他张着嘴巴，眉毛稀疏而杂乱，气势就像高阳酒徒郦食其一样，通过游说而使齐王田横投降。

连日里畅所欲言，他的身体都变得臃肿了。

等到他要回去的时候，我才慢悠悠地对他说：“你的谈论有些太复杂了。”

于是我回军反击与他辩论起来，就像当年孙膑砍树降服庞涓一样。

这时，他的声调也软下来了，拿着美酒与羊肉向我吐露着真情。

你称赞我是黄河的源头昆仑渠，我称赞你是从山顶奔腾而下的急流。

我就像蚂蚁的蚁冢一样微小，怎么能与你巍峨的高山相比？

幸亏你最终还是对我有所赐教，斩断了横在我面前的枝干，拔掉了脚下的树桩。

让我认清了江流的归处，可以奔流向东而淙淙直下。

此日足可惜赠张籍

愈时在徐，籍往谒之。辞去，作是诗以送。

此日足可惜，此酒不足尝。
舍酒去相语，共分一日光[1]。
念昔未知子，孟君自南方。
自矜[2]有所得，言子有文章。
我名属相府，欲往不得行。
思之不可见，百端[3]在中肠。
维时月魄死[4]，冬日朝在房。
驱驰[5]公事退，闻子适及城。
命车载之至，引坐于中堂。
开怀听其说，往往副[6]所望。
孔丘殁已远，仁义路久荒。
纷纷百家起，诡怪相披猖[7]。
长老守所闻，后生习为常。
少知诚难得，纯粹古已亡。

譬彼植园木，有根易为长。
留之不遣去，馆置城西旁。
岁时未云几，浩浩观湖江。
众夫指之笑，谓我知不明。
儿童畏雷电，鱼鳖惊夜光。
州家举进士，选试缪所当。
驰辞对我策[8]，章句何炜煌。
相公朝服立，工席歌鹿鸣。
礼终乐亦阕，相拜送于庭。
之子去须臾，赫赫流盛名。
窃喜复窃叹，谅知有所成。
人事安可恒，奄忽[9]令我伤。
闻子高第日，正从相公丧。
哀情逢吉语，惝恍[10]难为双。
暮宿偃师[11]西，徒展转在床。
夜闻汴州乱，绕壁行彷徨。
我时留妻子，仓卒不及将[12]。
相见不复期，零落甘所丁[13]。
骄儿未绝乳，念之不能忘。
忽如在我所，耳若闻啼声。
中途安得返，一日不可更。
俄有东来说，我家免罹殃[14]。

乘船下汴水，东去趋彭城。

从丧朝至洛，还走不及停。

假道经盟津，出入行涧冈。

日西入军门，羸马[15]颠且僵。

主人愿少留，延入陈壶觞。

卑贱[16]不敢辞，忽忽心如狂。

饮食岂知味。丝竹徒轰轰。

平明脱身去，决若惊凫翔。

黄昏次汜水，欲过无舟航。

号呼久乃至，夜济十里黄。

中流上滩潬[17]，沙水不可详。

惊波暗合沓[18]，星宿争翻芒。

辕马蹢躅鸣，左右泣仆童。

甲午憩时门，临泉[19]窥斗龙。

东南出陈许，陂泽平茫茫。

道边草木花，红紫相低昂。

百里不逢人，角角[20]雄雉鸣。

行行二月暮，乃及徐南疆。

下马步堤岸，上船拜吾兄。

谁云经艰难，百口[21]无夭殇。

仆射[22]南阳公，宅我睢水阳。

箧中有余衣，盎中有余粮。

闭门读书史，窗户忽已凉。

日念子来游，子岂知我情。

别离未为久，辛苦多所经。

对食每不饱，共言无倦听。

连延三十日，晨坐达五更。

我友二三子，宦游在西京。

东野窥禹穴[23]，李翱观涛江。

萧条千万里，会合安可逢。

淮之水舒舒，楚山直丛丛[24]。

子又舍我去，我怀焉所穷。

男儿不再壮，百岁如风狂。

高爵尚可求，无为[25]守一乡。

◇注释

[1] 共分一日光：共同度过一日。

[2] 自矜：自己夸耀。

[3] 百端：各种思虑。

[4] 月魄死：每月的月初，古人以朔日（每月初一）以后为“死魄”。

[5] 驱驰：奔走效劳。

[6] 副：符合。

[7] 披猖：猖獗，嚣张。

[8] 策：试卷，唐代进士应试，需要做“策对”，为政论性的文章。

[9] 奄忽：变化迅速。

[10] 惝恍：精神恍惚的样子。

[11] 偃师：县名，今属河南。

[12] 不及将：来不及携带。

[13] 甘所丁：甘愿接受遭遇的一切。

[14] 罹殃：遭殃。

[15] 羸马：瘦弱的马。

[16] 卑贱：诗人的谦词，指自己职位低下。

[17] 滩浫（tān）：沙滩。

[18] 合沓：重叠。

[19] 临泉：临渊。

[20] 角角：象声词，形容野鸡的鸣声。

[21] 百口：全家人。

[22] 仆射：官名，唐代的宰相。

[23] 禹穴：地名，越州会稽山（今浙江绍兴）。

[24] 丛丛：聚集的样子。

[25] 无为：不要。

◇译文

韩愈当时在徐州张建封仆射属下任职，张籍前来拜谒他。张籍离开的时候，韩愈作了这首诗送给他。

今日真是难能可贵，这酒宴实在是耽误时间不能再品尝了。

我们还是放弃酒宴来聊天吧，共同度过这美好的一天。

想起当年我还不认识你的时候，正巧孟郊从南方回来了。

他夸耀说自己有很大的收获，说你的文采斐然。

因为我当时从属董公相府，想要去南方也无法抽身。

想见你却不能实现，我心中真是愁肠百结。

当时正值月初，冬天的太阳已经升起。

我结束相府的公事回到家中，听说你到城里来了。

马上就派车接你到我家里，引你到中堂坐下。

我们开怀畅谈，听到你的观点，我时常感到你的想法与我的期望相契合。

孔丘已经死去很久了，仁义之道也荒废已久。

诸子百家学说纷纷兴起，各种异端邪说猖獗一时。

那些长老固守所闻的百家的学说，后生也习以为常。

稍微懂得一些治理国家的学问就已经非常难得了，纯粹做学问的学者早就没有了。

好的学识就像种植在园中的树木，只要有根就容易生长。

我留下你，舍不得让你离开，让你寓居在城西。

没经过多少时间，你的学问就像苍茫的江海湖泊一样广博了。

众人都指着笑我，说我愚笨不会识人。

他们的见解浅薄，就好像儿童害怕雷电和鱼鳖受惊于夜光一样。

州府里面举荐进士，我承担了考官的职务。

你以飞扬的文采回答我出的试卷，文章辉煌无比。

相公董晋特地穿上了朝服，设宴席，歌《鹿鸣》之诗来宴请你们这些贡士。

礼节结束，音乐也停止了，我们在庭院中互相拜别，送你进京赶考。

你离别之后没多久，盛名远扬。

我私下里既为你高兴，也为你感叹，知道你一定会有所成就。

但世事不能永久平和，突然的变故让我悲伤。

听闻你高中进士的时候，我正在为相公董晋奔丧。

在悲哀的情绪当中听到你的好消息，恍惚之中我不知道应该是悲还是喜。

晚上我住在偃师城西，在床上辗转难眠。

到了夜间就听说了汴州兵乱的消息，我在房间里走来走去，焦虑不安。

我当时将妻子儿女都留在了汴州，仓促之间没办法将他们带出来。

相见的日子难以预期，我也只能接受所遭遇的一切。

只是我那娇小的女儿还未断奶，让人挂念难以忘怀。

有时候觉得她就在我的身边，还能听到她啼哭的声音。

我在途中无法返回，行程一天也不能更改。

过了一阵有人从东边传来消息说，我的家人免遭殃祸。

现在他们已经乘船渡过汴水，向东朝徐州彭城去了。

我跟着奔丧的队伍到达洛阳，参加完丧礼也不停留，马上就往回赶。

我从盟津借道而行，出入在涧水和高冈之间。

太阳西下的时候，我来到河阳军门中，瘦弱的马儿已经摇摇晃晃快要扑倒了。

河阳节度使李元希望我能够稍作停留，休息一下，便邀请我进屋并摆设酒宴。

我职位低下也不敢推辞主人的好意，但精神恍惚，感觉要发狂一样。

我无心品尝佳肴，乐曲听起来也觉得轰轰直响。

到了第二天早上我终于得以脱身，像一只受惊的野鸭一样迅速动身出发。

傍晚我到达汜水边，想要渡河却又没有船。

大声呼叫了很久才来了一艘船，在夜里我横渡十里宽的黄河。

船行到中途的时候搁浅在了沙滩上，情况之紧急难以描述。

惊涛骇浪在这里重叠翻滚，水波像星星一样闪烁着光芒。

在这样的情景下，辕马也踟蹰不前，发出凄惨的悲鸣，左右的仆僮更是吓得哇哇哭叫。

那一天来到郑州的时门下休息，临渊仿佛看到龙在水中争斗。

我向东南走过陈州和许州，水泽白茫茫一片。

路边的草木都开了花，万紫千红、高高低低地相互映衬。

百余里的路途中几乎看不到行人，只听到山鸡的鸣叫声。

就这样一直到了二月底，我才来到了徐州南郊。

我下马走到堤岸边，又上了船，拜见我徐州的兄长。

谁能说经历了千难万险后，家族中的百余人都没有遭遇不幸呢？

南阳公张建封仆射，安排我住在了睢水北岸。

我的箱子中有了足够的衣服，米缸中有了充足的粮食。

我关起门来阅读经史一类的书籍，清风吹进窗口，给我带来凉爽。

我每天都盼望着你能来游历，你真的来了，你是如何知道我的想法的？

我们之间的离别也并不太久，中间却经历了太多的辛苦。

我们在一起的日子虽然经常吃不饱肚子，但一起谈学问却毫无厌倦之情。

这样的日子有三十天之多，有时一直畅谈到五更。

我有几个朋友，他们都在长安做官。

孟东野去了南方探寻禹穴，李翱到浙江去观看钱塘江潮。

我们相隔千万里的路途，能够聚到一起是多么不容易啊。

淮水悠悠地流去，楚山连绵耸立。

你现在又要离我而去，我心中的郁闷怎样才能穷尽？

但是男儿的青春过去了就不复壮年，百年的人生就像狂风一样飞驰而过。

以你的才识必定能得到高爵，因此你要积极宦游，不必终老一乡。

龊龊[1]

龊龊当世士，所忧在饥寒。

但见贱者悲，不闻贵者叹。

大贤事业异，远抱非俗观。

报国心皎洁，念时涕汍澜[2]。

妖姬[3]坐左右，柔指发哀弹。

酒肴虽日陈，感激宁为欢。

秋阴欺白日，泥潦[4]不少干。

河堤决东郡，老弱随惊湍。

天意固有属，谁能诘其端[5]。

愿辱太守荐，得充谏诤官。

排云叫阊阖[6]，披腹呈琅玕[7]。

致君岂无术，自进诚独难。

◇注释

[1] 龊龊：局促、拘谨的样子。

[2] 汍（wán）澜：流泪的样子。

[3] 妖姬：美女，这里指歌女。

[4] 泥潦：泥水积聚的地方。

[5] 诘其端：追问缘由。

[6] 阊阖（chāng hé）：天门。

[7] 琅玕：似玉的美石。

◇译文

当今世上的文人都谨小慎微，他们所忧虑的就是个人的温饱问题。

人们只看到贫贱之人的悲苦，却听不到富贵之人的叹息。

品德高尚的人总想着干一番非同一般的事业，他们的抱负与世俗的观念不同。

我的报国之心如明月一样皎洁，经常因想到时世的安危而涕泪涟涟。

美丽的女子坐在我的左右，柔软的手指弹出哀怨的曲调。

虽然桌子上每天都摆满了美酒佳肴，但是我的心中激愤，怎么能开心得起来。

秋天的阴云遮蔽了太阳，道路上的泥泞总是晒不干。

黄河决堤，淹没了东郡，老弱者被急流冲走。

上天自有它的旨意，谁能追问原因呢？

希望我能得到太守的推荐，担任朝廷中谏诤的官员。

这样我就可以拨开重云，敲开天门，在天帝面前呈现出我如玉一般的忠心。

我难道没有辅佐君主的良策吗？只是无人举荐，难以进身。

春雪

新年[1]都未有芳华，二月初惊见草芽。

白雪却嫌春色晚，故穿庭树作飞花。

◇注释

[1] 新年：指农历正月初一。

◇译文

新年已过，还没有看到鲜花盛开，到了二月，才惊喜地发现大地冒出了小草的新芽。

白雪却嫌春天来迟了，故意穿过庭院中的大树，让人误以为是花瓣飘落。

次潼关先寄张十二阁老使君[1]

荆山已去华山来，日出潼关四扇开[2]。

刺史莫辞迎候远，相公[3]亲破蔡州回。

◇注释

[1] 张十二阁老使君：指张贾，时任华州刺史，故称使君。

[2] 四扇开：潼关的四扇关门大开。

[3] 相公：指平淮大军实际统帅——宰相裴度。

◇译文

大军刚刚翻过荆山，华山就出现在面前，旭日东升，阳光照在城楼上，潼关的四扇关门全都打开了。

刺史大人千万不要说迎接官兵的路途遥远，你看宰相亲率大军已经攻下了蔡州，顺利凯旋。

池上絮

池上无风有落晖，杨花晴后自飞飞。

为将纤质[1]凌清镜，湿却无穷不得归。

◇注释

[1] 纤质：纤小的身躯，指柳絮。

◇译文

池塘上没有一丝风，阳光照在水面上，杨花在晴空中自在飞舞。

为了使自己纤小的身躯越过水面，杨花用尽了浑身的力气，但是还有许多没能顺利飞过，落在了池塘的水面上，沾湿了飞不起来。

酬王二十舍人[1]雪中见寄

三日柴门拥不开，阶平庭满白皑皑。

今朝蹋作琼瑶迹，为有诗从凤沼[2]来。

◇注释

[1] 王二十舍人：王涯，时为中书舍人。

[2] 凤沼：凤凰池，此处代指京城。

◇译文

我的柴门多日不开，台阶上和庭院里，落满了皑皑白雪。

今天有人在琼玉般的雪地上踏出了足迹，那是因为你的诗从京城寄来。

答张十一功曹

山净江空水见沙，哀猿啼处两三家。
筼筜[1]竞长纤纤笋，踯躅[2]闲开艳艳花。
未报恩波知死所，莫令炎瘴[3]送生涯。
吟君诗罢看双鬓，斗觉[4]霜毛一半加。

◇注释

[1] 筼筜（yún dāng）：一种皮薄、高大的生长在水边的竹子。

[2] 踯躅：徘徊不进貌，也是杜鹃花的别名，此处为后者。

[3] 炎瘴：南方湿热的瘴气。

[4] 斗觉：突然发觉。斗，同“陡”。

◇译文

青山明净，江面开阔，江底的细沙清晰可见，山猿哀鸣的地方有两三户人家。

水边高大的竹子竞相生长，鲜嫩的竹笋也刚刚冒出了头，鲜艳的杜鹃花随处开放，悠闲自在。

皇恩未报，也不知道自己将会死在哪里，希望不要在南方湿热的瘴气中虚度余生。

读完了你寄过来的诗后，叹看双鬓，突然发现我的鬓发已经白了一半。

洞庭湖阻风赠张十一署

十月阴气盛，北风无时休。
苍茫洞庭岸，与子维双舟。
雾雨晦争泄，波涛怒相投。
犬鸡断四听，粮绝谁与谋。
相去不容步，险如碍山丘。
清谈[1]可以饱，梦想接无由[2]。
男女[3]喧左右，饥啼但啾啾。
非怀北归兴，何用胜羁愁。
云外有白日，寒光自悠悠。
能令暂开霁，过是吾无求。

◇注释

[1] 清谈：清雅的谈论。

[2] 无由：没有办法。

[3] 男女：儿女。

◇译文

十月的时候冷气极盛，北风无休止地刮着。

在这苍茫的洞庭湖岸边，我与你只好将两条船都系在岸边。

此时大雾弥漫，雨水滂沱而下，湖面波涛翻滚，如同发怒般相互撞击。

四周听不到鸡鸣狗吠，我们船上的粮食已经断绝却无处获取。

我们之间想要移动一步也不行，如同被山丘阻碍般危险。

清雅的交谈可以暂时饱腹，可梦想却没办法实现了。

年幼的儿女们一直在身旁哭闹，因为饥饿连哭声都很微弱了。

若不是怀着回到北方的信念，怎能战胜羁留此地的忧愁。

我知道乌云之外有白日，它射出的寒光自在悠悠。

此刻，若能云开雨止，我也没有其他的要求了。

奉和虢州刘给事使君三堂新题二十一咏（选十二） 并序

虢州刺史宅连水池竹林，往往为亭台岛渚，目其处为三堂。刘兄自给事中出刺此州，在任逾岁，职修人治，州中称无事。颇复增饰，从子弟而游其间，又作二十一诗以咏其事，流行京师，文士争和之。余与刘善，故亦同作。

◇译序

虢州刺史的宅院连接着水池竹林，处处都是亭台岛渚，目光所及之处就是三堂。刘兄从给事中调任到此州担任刺史，在任已经超过一年了，在位的人均称职，人民安居乐业，州中的人们都称赞他没有做越轨作乱之事。他只偏爱增建和修饰亭台岛渚。他带领后辈和门生在其中游玩，又创作了二十一首诗歌来歌咏这件事，诗歌在京城广为流传，文人志士都争相应和。我和刘兄关系好，因此也一同创作了。

北湖

闻说游湖棹[1]，寻常到此回。

应留醒心处，准拟醉时来。

◇注释

[1] 棹（zhào）：船桨。

◇译文

我听说泛舟游湖的船桨，平常到了这里就要返回。

我们要将游船留在醒目的地方，确保醉酒后还能准确地找回来。

稻畦[1]

罫[2]布畦堪数，枝分水莫寻。

鱼肥知已秀，鹤没觉初深。

◇注释

[1] 畦：田园中分成的小块区域。

[2] 罫：棋盘上的方格。

◇译文

稻田像棋盘上的方格一样整齐可数，纵横着的多条支流难以寻找到它们的源头。

鱼儿肥美的时候便可知稻禾已经开花，鹤出没的时候便可知稻穗已经长高。

花岛

蜂蝶去纷纷[1]，香风隔岸闻。

欲知花岛处，水上觅红云。

◇注释

[1] 去纷纷：接连飞过去。

◇译文

蜜蜂和蝴蝶成群结队地飞过去，阵阵香风隔着宽阔的江面也能闻到。

想知道开满鲜花的小岛在哪里，那就乘着小舟去寻觅那片如云霞般姹紫嫣红的地方。

荷池

风雨秋池上，高荷盖水繁。

未谙鸣摵摵[1]，那似卷翻翻。

◇注释

[1] 摵（shè）摵：象声词，落叶声，风声。

◇译文

秋天的池塘上风雨交加，高高的荷叶繁繁密密地覆盖在水面上。

还没有听到风吹荷叶的沙沙声，无奈这荷叶已经开始翻卷了。

柳溪

柳树谁人种，行行夹岸高。

莫将条系缆[1]，著处[2]有蝉号。

◇注释

[1] 条系缆：柳条系船。

[2] 著处：到处。

◇译文

不知是谁种的柳树，一排排垂立在两岸，高大苍翠。

不要用柳条系船，因为所到之处有蝉鸣。

柳巷

柳巷还飞絮，春馀几许时。

吏人休报事，公作送春诗。

◇译文

柳巷中飞着纷繁的柳絮，春天的时光还剩下多少呢？

小吏们不要再去汇报那些琐碎的公事了，你们的主公正在写送春的诗篇呢。

西山

新月迎宵挂，晴云到晚留。

为遮西望眼，终是懒回头。

◇译文

一弯新月在黑夜到来时升起，晴空漂浮的白云到了晚上依旧还留在天空。

西山正好为你遮挡了西望京城的目光，也恰好满足了你懒得回首的念头。

新亭

湖上新亭好，公来日出初。

水文浮枕簟[1]，瓦影荫龟鱼。

◇注释

[1] 枕簟：枕席。

◇译文

湖上的新亭风景秀美，你来时正是旭日初升的时候。

水中的波纹经过日光的折射，如浮动的枕席。亭上的瓦倒映在水中，乌龟和游鱼正在瓦影里穿梭。

月台

南馆城阴阔，东湖水气多。

直须台上看，始奈月明何。

◇译文

城阴的南馆非常壮阔，东湖中的水气弥漫蒸腾。

只有登上月台仰望，才能知道月亮有多明亮。

渚亭

自有人知处，那无步往踪。

莫教安四壁，面面看芙蓉。

◇译文

自从人们知道有渚亭这个地方，哪会没有行人的踪迹呢。

不要在四周修建墙壁，这样每一面就都可以看到芙蓉花了。

竹溪

蔼蔼[1]溪流慢，梢梢岸筱长，

穿沙碧簳净，落水紫苞[2]香。

◇注释

[1] 蔼蔼：温和的样子。

[2] 紫苞：紫色的竹苞。

◇译文

溪水缓缓而流，岸边的绿竹伸出长长的枝条。

从沙土中破土而出的嫩竹，青翠洁净，包裹着竹笋的紫色的竹苞掉落水中，散发出阵阵的清香。

竹径

无尘从不扫，有鸟莫令弹[1]。

若要添风月，应除数百竿。

◇注释

[1] 莫令弹：不要用弹弓打。

◇译文

竹径并没有什么灰尘，也从来没有人打扫，在竹竿上停留的鸟儿，请不要去弹射它。

如果要让这竹径中再添上一些风月景致，就应该砍掉数百竿竹子。

古风

今日曷不乐？幸时不用兵。
无曰既蹙[1]矣，乃尚可以生。
彼州之赋，去汝不顾；
此州之役，去我奚适[2]？
一邑之水，可走而违；
天下汤汤[3]，曷其而归？
好我衣服，甘我饮食，
无念百年，聊乐一日。

◇注释

[1] 蹙：紧迫，此处指赋税烦苛。

[2] 奚适：到哪里去。

[3] 汤汤：水流湍急的样子。

◇译文

今天为什么不高兴呢？现在没有了战争是多么幸运。

不要说赋税烦苛，毕竟人们还能生存。

其他州的赋税，我可以不管不顾；但这一州的徭役摆在眼前，我又能逃到哪里去呢？

如果只有一个县邑发洪水，我可以离开躲避；但如果全天下都洪水泛滥，我又能跑到哪里躲避呢？

还是穿点好的衣服，吃点好的东西吧。我不去想百年之后的事，姑且今天快乐就可以了。

广宣上人[1]频见过

三百六旬[2]长扰扰，不冲风雨即尘埃。
久惭朝士无裨补[3]，空愧高僧数往来。
学道[4]穷年何所得，吟诗竟日未能回。
天寒古寺游人少，红叶窗前有几堆。

◇注释

[1] 广宣上人：当时一位有名的诗僧，生平不详。

[2] 三百六旬：一年到头。

[3] 裨补：好处。

[4] 学道：学习儒家之道。

◇译文

这位广宣上人，一年到头都在烦扰我，不管是风雨天还是扬尘天。

我一直很惭愧，身为朝臣却对朝廷没有什么助益之处，也愧对高僧屡次来造访的心意。

数年来学习圣人之道没有什么收获，整日地吟诗推敲也无法答复高僧的诗作。

天气越来越冷，古寺里的游人也变得稀少，不知道窗前的红叶已经堆积了多少。

感春四首

其一

我所思兮在何所，情多地遐[1]兮遍处处。

东西南北皆欲往，千江隔兮万山阻。

春风吹园杂花开，朝日照屋百鸟语。

三杯取醉不复论，一生长恨奈何许。

◇注释

[1] 地遐：路途遥远。

◇译文

我所思念的人儿啊在哪里？他虽然也思念我，但路途遥远，漂泊不定。

我想走遍东南西北去寻找他，但却被千山万水所阻隔。

春风吹拂着园林，百花开放，早晨的太阳照进屋内，百鸟在屋檐下婉转鸣叫。

喝上几杯酒，为求一醉，什么都不必再说，人生充满着无限的怅恨，又能怎么办呢？

其二

皇天平分成四时，春气漫诞[1]最可悲。
杂花妆林草盖地，白日坐上倾天维[2]。
蜂喧鸟咽留不得，红萼万片从风吹。
岂如秋霜虽惨冽，摧落老物谁惜之。
为此径须沽酒饮，自外天地弃不疑。
近怜李杜无检束[3]，烂漫长醉多文辞。
屈原离骚二十五，不肯铺[4]啜糟与醨。
惜哉此子巧言语，不到圣[5]处宁非痴。
幸逢尧舜明四目，条理品汇[6]皆得宜。
平明出门暮归舍，酩酊马上知为谁。

◇注释

[1] 漫诞：飘荡的样子。

[2] 天维：天边。

[3] 检束：约束。

[4] 铺（bū）：食。

[5] 圣：古人以清酒为圣，此处代指酒。

[6] 品汇：品类，万事万物。

◇译文

上天把一年平分成四季，而春气弥漫的日子是最令人悲伤的。

各种各样的鲜花点缀着园林，绿草覆盖着大地，太阳渐渐从天空正中倾向天边。

蜂蝶喧闹，百鸟鸣叫，却也留不住春光，千万片花瓣都随风飘落。

哪里像秋霜，虽然寒冷凛冽，但只摧落那些没人怜惜的衰老之物。

看到这样的景象就必须买酒痛饮，置身于天地之外，不再有什么忧愁。

近世的人中我最爱李白和杜甫的无拘无束，他们性情率真，在醉酒时写下了许多诗篇。

屈原写下了《离骚》等二十五篇，他不愿意吃世俗的酒糟与薄酒。

真是可惜啊，屈原虽然善于文辞，却没有达到烂漫长醉的境界。

幸亏我遇上了尧舜一般的明君，他将万事万物治理得十分得当。

我早晨出门到黄昏才回到官舍，那个在马上喝得酩酊大醉的人，你们一看就知道是谁了。

其三

朝骑一马出，暝[1]就一床卧。

诗书渐欲抛，节行[2]久已惰。

冠攲[3]感发秃，语误惊齿堕。

孤负平生心，已矣知何奈。

◇注释

[1] 暝：日落。

[2] 节行：节操品行。

[3] 攲（qī）：倾斜。

◇译文

早晨我骑着一匹马出门，黄昏时归来倒床就睡。

诗书之事渐渐地被我抛在脑后，也越来越懒得约束自己的行为举止了。

戴的帽子斜了，才发现头发已经变得稀疏，说话时出现错误，才惊讶牙齿已经掉落。

就这样辜负了一生的心愿，往事已经过去，我又能怎么样呢？

其四

我恨不如江头人，长网横江遮紫鳞[1]。

独宿荒陂[2]射凫雁，卖纳租赋官不嗔。

归来欢笑对妻子，衣食自给宁羞贫。
今者无端读书史，智慧只足劳精神。
画蛇著足无处用，两鬓霜白趋埃尘[3]。
乾愁漫解坐自累，与众异趣谁相亲。
数杯浇肠虽暂醉，皎皎万虑醒还新。
百年未满不得死，且可勤买抛青春[4]。

◇注释

[1] 紫鳞：指鱼。

[2] 荒陂：荒凉的山坡。

[3] 趋埃尘：奔走于尘世之中。

[4] 抛青春：酒名。

◇译文

我恨自己不如那江边的渔人，他们在江上撒网捕鱼。

他们住宿在荒凉的山坡上，射杀野鸭和大雁，换钱以缴纳租赋，也不惹官家生气。

回到家里与妻子儿女欢笑在一起，衣食自足，也不会因贫穷而感到羞耻。

现在我无缘无故地读了许多经史一类的书籍，增加了智慧却劳费了精神。

这就像画蛇添足一样没什么用，如今已然两鬓斑白，还要在尘世中奔波。

想要摆脱这千愁万绪，却反而更受其累，我的兴趣跟大家都不相同，谁愿与我亲近呢？

数杯酒下肚后，虽然可以暂时醉倒，但那些清晰的忧虑，在醒来的时候还是会再次出现的。

既然人生的大限还未到，那就多多地买些酒来一醉方休吧！

和归工部送僧约

早知皆是自拘囚，不学因循[1]到白头。

汝既出家还扰扰，何人更得死前休。

◇注释

[1] 因循：沿袭老方法办事。

◇译文

如果早知道人生是一场自我拘束与囚禁，我就不该学习那些陈旧没有新意的知识，如今，头发都白了。

现在你都出家了却还要面临着纷纷扰扰，又有谁能在临死之前做到放下一切呢？

寒食直归遇雨

寒食时看度[1]，春游事已违。

风光连日直，阴雨半朝归。

不见红球上，那论彩索[2]飞。

惟将[3]新赐火，向曙[4]著朝衣。

◇注释

[1] 度：天气。

[2] 彩索：彩色的秋千。

[3] 惟将：只有将。

[4] 向曙：早晨天亮的时候。

◇译文

寒食节到来时我看天气，看来今年计划的春游又要事与愿违了。

天气晴好的时候，我恰好连续几天都在宫中值宿，等到阴雨连绵的时候才在中午回到家中。

因为阴天，所以寒食节看不到有人在红毯上玩蹴鞠的游戏，更不用说那彩色的秋千在空中飞荡了。

只好在天亮的时候，照着皇帝新赐的火种，穿上入朝的衣服。

利剑

利剑光耿耿[1]，佩之使我无邪心。

故人念我寡徒侣[2]，持用赠我比知音。

我心如冰剑如雪，不能刺谗夫[3]，使我心腐剑锋折。

决[4]云中断开青天，噫！剑与我俱变化归黄泉。

◇注释

[1] 耿耿：明亮的样子。

[2] 徒侣：同伴。

[3] 谗夫：说别人坏话的小人。

[4] 决：开。

◇译文

锋利的宝剑发出明亮的光芒，佩戴它时我没有任何邪心杂念。

老朋友看我缺少同伴，就将它赠给我，让我当作知音来对待。

我的心像冰一样洁白明澈，我的剑像雪一样寒光闪亮，但却不能用来刺杀进献谗言的人，让我的内心极度愤恨，剑也失去了锋芒。

让我用剑冲开这浮云，让青天显露出来，唉！宝剑啊，你跟我一起归入黄泉吧！

落叶送陈羽[1]

落叶不更息，断蓬无复归。
飘飖终自异，邂逅暂相依。
悄悄深夜语，悠悠寒月辉。
谁云少年别，流泪各沾衣。

◇注释

[1] 陈羽：诗人，与韩愈一起登进士第。

◇译文

落叶不再有生命的气息，被风吹断的蓬草也无法再回到原地。

它们飘飘转转，最终还是要分别的，既然现在不期而遇了，那就暂且快乐地相伴吧。

夜深了，我们仍然低声私语，清冷的月光洒落下来陪伴着我们。

谁会知道我们两个年轻人离别的时候，泪水沾湿了各自的衣衫。

流水

汩汩[1]几时休，从春复到秋。

只言池未满，池满强交流[2]。

◇注释

[1] 汩汩：水急流的样子。

[2] 交流：纵横流淌。

◇译文

汩汩流淌的泉水不知几时停下，从春一直流到秋。

只说池水一直不满，但是水池中的水一旦满了，泉水就会四处流淌。

梨花下赠刘师命[1]

洛阳城外清明节，百花寥落梨花发。

今日相逢瘴海头[2]，共惊烂漫开正月。

◇注释

[1] 刘师命：韩愈的好友，此时来阳山拜访韩愈。

[2] 瘴海头：指阳山。因在岭南瘴气蒸发之地，故称。瘴海，有瘴气的南海。

◇译文

清明节的时候，洛阳城外的很多花都已经凋零，却正值梨花初开。

今日我们一起游阳山，都对梨花在正月里开得如此烂漫感到十分惊讶。

孟生诗

《文粹》作孟先生诗。孟郊下第，送之谒徐州张建封也。

孟生[1]江海士，古貌又古心。
尝读古人书，谓言古犹今。
作诗三百首，窅默[2]咸池音。
骑驴到京国，欲和熏风琴。
岂识天子居，九重郁沉沉。
一门百夫守，无籍[3]不可寻。
晶光荡相射，旗戟翩以森。
迁延乍却走，惊怪靡自任。
举头看白日，泣涕下沾襟。
朅来[4]游公卿，莫肯低华簪。
谅非轩冕族[5]，应对多差参。
萍蓬风波急，桑榆日月侵。
奈何从进士，此路转岖嵚[6]。
异质忌处群，孤芳难寄林。

谁怜松桂性，竞爱桃李阴。
朝悲辞树叶，夕感归巢禽。
顾我多慷慨，穷檐时见临。
清宵静相对，发白聆苦吟。
采兰起幽念，眇然望东南。
秦吴修且阻，两地无数金。
我论徐方牧[7]，好古天下钦。
竹实凤所食，德馨神所歆。
求观众丘小，必上泰山岑。
求观众流细，必泛沧溟深。
子其听我言，可以当所箴。
既获则思返，无为久滞淫[8]。
卞和试三献[9]，期子在秋砧。

◇注释

[1] 孟生：孟郊，字东野，韩愈的好友。

[2] 窅（yǎo）默：深远幽隐。

[3] 籍：出入宫门的牒籍。

[4] 竭（qiè）来：往来。

[5] 轩冕族：世家大族。

[6] 岖嵚（qīn）：山险峻的样子。

[7] 徐方牧：指徐泗濠三州节度刺史张建封。

[8] 滞淫：久久地滞留。淫，久。

[9] 卞和试三献：春秋时楚人卞和发现了一块璞玉，先后献给楚厉王、武王，却无人识宝，以欺君之罪截去其双脚，到了楚文王即位，卞和抱着璞玉在荆山下痛哭，楚文王得知后请人加工，果然得到了宝玉，这块玉就是和氏璧。

◇译文

《文粹》中收录了这首《孟生诗》。孟郊没有考中进士，我送他去干谒徐州张建封。

孟生是隐居于江湖之上的人，他表里如一，有古人的淳朴之风。

他曾经读过许多的古书，认为古今的道理都是一样的。

写了三百首诗，都深远幽隐，像《咸池》之乐一般美好。

他骑着驴子来到京城，想要应和天子的《南风》之歌。

但他哪里知道天子居住的地方，九重宫门深深。

每一个宫门前都有上百人守卫，没有出入宫门的牒籍，就无法进入。

宫门光耀照人，旗戟森严，使人不敢走近。

面对这一景象，孟生仓皇离去，惊怪异常。

抬头看着天上的太阳，泪水已经沾湿了衣襟。

想要凭借自己的才干去结交公卿，却没有一个人愿意放下姿态与他结交。

孟生不是世家大族，与他们交往起来经常显得格格不入。

就像无根的浮萍与蓬草被疾风吹得四处飘荡，时光飞逝眼看着自己渐渐老去。

怎奈选择了进士之路，这条路崎岖又坎坷。

特异的品质总是不合群，孤独的鲜花也难以在树林中生长。

有谁喜爱松桂的品性，大家都追逐桃李的阴凉。

早晨悲伤于树叶飘零，傍晚感伤于鸟儿归巢。

你认为我为人慷慨，所以经常登临我的寒舍。

清静的夜晚我们默默相对，我满头白发听你苦苦吟诗。

采兰之曲引起了你思乡的念头，久久地望向东南方的故乡。

但秦、吴两地距离遥远，无论在哪里你都没有足够的钱来生活。

我说起徐州的地方长官，他十分爱慕古道，天下闻名。

凤凰以竹子的果实为食，高尚的品德连神灵也很佩服。

你要是想一览众山小，就必须登上泰山之巅。

你要想看涓涓细流汇入大海，就一定要泛舟到深远的地方。

请你听从我的话，把它当作箴言。

如果你有所领悟就赶紧回来吧，不要在家乡耽搁得太久。

卞和三次献玉才获成功，希望你在秋天的考试中终能获胜。

青青水中蒲三首

其一

青青水中蒲[1]，下有一双鱼。

君今上陇[2]去，我在与谁居。

◇注释

[1] 蒲：菖蒲，一种多年生草本植物，生于沼泽地、溪流或水田边。

[2] 陇：陇州，今属陕西省宝鸡市。

◇译文

水中生长着青青的菖蒲，菖蒲下游着一对鲤鱼。

如今你要前往陇州，谁来陪伴我呢。

其二

青青水中蒲，长在水中居。

寄语浮萍草，相随我不如。

◇**译文**

水中生长着青青的菖蒲，它们一直都在水中安居。

想对水中的浮萍说，你们能够相依相偎，我却不能追随游子。

其三

青青水中蒲，叶短不出水。

妇人不下堂[1]，行子在万里。

◇**注释**

[1] 下堂：离开堂屋。

◇**译文**

水中生长着青青的菖蒲，叶子短小还没有露出水面。

妇人常年在家不出门，游子离家万里。

秋怀诗十一首

其一

窗前两好树，众叶光薿薿[1]。
秋风一拂披，策策鸣不已。
微灯照空床，夜半偏入耳。
愁忧无端来，感叹成坐起。
天明视颜色[2]，与故不相似。
羲和驱日月，疾急不可恃。
浮生虽多涂[3]，趋死惟一轨。
胡为浪自苦[4]，得酒且欢喜。

◇注释

[1] 薿（nǐ）薿：茂盛的样子。

[2] 颜色：面容。

[3] 涂：同“途”，路途。

[4] 浪自苦：徒然地自寻烦恼。

◇译文

我的窗前有两棵秀美的大树，茂盛的树叶光彩照人。

秋风吹过的时候，树叶沙沙作响。

屋内一盏微弱的灯光照着我空空的床榻，夜半时分，风吹树叶的声音偏偏又传入耳中。

我的心中无端地充满了无限的忧愁，感慨叹息而夜不能寐，坐了一夜。

天亮之后再看树的颜色，已经与以前大不相同了。

神话中的羲和驱赶着岁月的龙车，迅疾地向前行驶。

人生在世虽然可以选择多种多样的道路，但最终都要走向死亡。

为何要苦苦地折磨自己呢？就让我们把酒言欢，享受人生吧！

其二

白露下百草，萧兰共雕悴[1]。

青青四墙下，已复生满地。

寒蝉暂寂寞，蟋蟀鸣自恣[2]。

运行无穷期，禀受[3]气苦异。

适时各得所，松柏不必贵。

◇注释

[1] 雕悴：凋零憔悴。雕，通“凋”。

[2] 恣：随意。

[3] 禀受：承受。

◇译文

白露时节，百草凋谢，艾蒿和兰草也都一起枯萎衰落。

四周的墙角下却长出了青青的小草，长满了一地。

寒蝉停止了鸣叫，蟋蟀却快乐地吟唱。

四季的运行无穷无尽，万物对于节气的承受能力也各不相同。

它们适应于时令，各得其所，松柏不凋零也没什么值得夸耀的。

其三

彼时何卒卒[1]，我志何曼曼[2]。

犀首[3]空好饮，廉颇尚能饭。

学堂[4]日无事，驱马适所愿。

茫茫出门路，欲去聊自劝[5]。

归还阅书史，文字浩千万。

陈迹竟谁寻，贱嗜非贵献。

丈夫意有在，女子乃多怨。

◇注释

[1] 卒卒：急迫的样子。

[2] 曼曼：同“漫漫”，遥远。

[3] 犀首：古代的官名，这里是指公孙衍。

[4] 学堂：国子监。

[5] 自劝：自我勉励。

◇译文

岁月是多么匆匆，我实现志向的道路又是那样漫长。

我如今就像当年的犀首公孙衍，只能用饮酒来打发日子，又像英勇的廉颇，徒然以饭量来显示自己的余勇。

在国子监里每日无事，想骑着马随兴而游。

但望着门前茫茫的道路，又劝自己还是算了吧。

还是回到学堂中阅读经籍史书，在浩瀚的文字中消磨时光。

谁还会像我一样，在一堆陈旧的书籍中探寻古代圣贤的治国之道，这是我所嗜好的，并不能献给尊贵的达官。

身为大丈夫心中应该有所寄托，不能像女子那样有太多的凄怨之情。

其四

秋气日恻恻[1]，秋空日凌凌。

上无枝上蜩，下无盘中蝇。

岂不感时节，耳目去所憎。

清晓卷书坐，南山见高棱[2]。

其下澄湫水，有蛟寒可罾[3]。

惜哉不得往，岂谓吾无能。

◇注释

[1] 恻恻：凄怆的样子。

[2] 高棱：高耸的山峰。

[3] 罾：渔网。此处作动词，用网捕。

◇译文

秋天的天气每天都凄凄惨惨，令人伤感，秋日的天空每天都是清爽的。

树上没有了蝉鸣，餐盘前也没有了飞舞的蚊蝇。

哪里是不感慨季节的变化，只不过能耳目清净也是可喜的。

清晨我持书卷端坐，抬头就能看见高耸的南山。

山下的潭水澄澈，若水里有蛟龙就可以用网来兜捕。

只可惜我没有机会前往，怎么能说我没有能力。

其五

离离[1]挂空悲，戚戚抱虚警。

露泫秋树高，虫吊寒夜永。

敛退就新懦，趋营悼前猛。

归愚识夷涂[2]，汲古得修绠[3]。

名浮犹有耻，味薄真自幸。

庶几[4]遗悔尤，即此是幽屏[5]。

◇注释

[1] 离离：形容忧伤。

[2] 夷涂：平坦的道路。涂，同“途”。

[3] 修绠：长绳。

[4] 庶几：差不多。

[5] 幽屏：离群幽居。

◇译文

忧伤的心中怀着悲痛，悲愁的情绪中透着虚惊。

露水像泪水一般从高树上掉落，秋虫也像哀悼一般在寒夜里长鸣。

我越发地敛缩退却，进入书山学海中做一个懦夫，想起当年勇猛直谏的行为万分追悔。

如今归向愚拙，反而找到了一条平坦的通途，在古籍堆里汲取知识，仿佛获取了汲水的长绳。

昔日所得的虚浮的名声让我羞愧，好在为官生活清贫，真是值得庆幸。

如今的日子可以使我丢掉悔恨，离群幽居。

其六

今晨不成起，端坐尽日景。

虫鸣室幽幽，月吐窗冏冏[1]。

丧怀若迷方，浮念剧含梗[2]。

尘埃[3]慵伺候，文字浪驰骋。

尚须勉其顽，王事有朝请[4]。

◇注释

[1] 冏冏：光明的样子。

[2] 梗：病。

[3] 尘埃：官场。

[4] 朝请：古代诸侯春天朝见天子叫“朝”，秋天朝见叫“请”。

◇译文

今天清晨天还没亮就起床了，端坐在屋子里一直等到日落。

秋虫的鸣叫声使得屋内更加幽静，月亮升起来照得屋内十分明亮。

丧失了理想就如同迷失了方向，挂念着浮名更加重了病情。

懒于在官场伺候公卿，随意的文学创作让我自由快乐。

但还是要勉励自己去做自认为愚顽的事，还希望能去处理国家大事。

其七

秋夜不可晨，秋日苦易暗。

我无汲汲[1]志，何以有此憾。

寒鸡空在栖，缺月烦屡瞰。

有琴具徽弦[2]，再鼓听愈淡。

古声久埋灭，无由见真滥。

低心逐时趋，苦勉祗能暂。

有如乘风船，一纵不可缆。

不如觑文字，丹铅事点勘[3]。

岂必求赢余，所要石与甔[4]。

◇注释

[1] 汲汲：心情急切的样子。

[2] 徽弦：系琴弦的绳称为“徽”，后以“徽弦”代指琴弦。

[3] 勘：校对。

[4] 甔（dān）：坛子类的容器。

◇译文

秋夜漫长，仿佛盼不到早晨，白天又十分短暂，似乎太容易天黑。

我如果不是因为有急切的追求，又怎么会有这样的感叹。

鸡因寒冷而缩在窝中，也不打鸣，一遍遍地看着弯月。

我有古琴，徽弦俱全，演奏几次后听众却越来越少。

古代的音乐已经失传很久了，现在也无法分辨古音的真假。

世上没有知音，我只能随波逐流，即使自我勉强，也只能暂时如此。

就像乘坐船只，开始是平稳的，一遇到大风就无法抓住缆绳。

还不如让我在书中窥探文字的妙处，用丹砂和铅粉点校书籍。

我不追求财物盈余，只要有不多的粮食填饱肚子就行。

其八

卷卷落地叶，随风走前轩。

鸣声若有意，颠倒相追奔。

空堂黄昏暮，我坐默不言。

童子自外至，吹灯[1]当我前。

问我我不应，馈我我不餐。

退坐西壁下，读诗尽数编[2]。

作者非今士，相去时已千。

其言有感触，使我复凄酸。

顾谓汝童子，置书且安眠。

丈夫[3]属有念，事业无穷年。

◇注释

[1] 吹灯：吹亮灯火。

[2] 数编：数卷。

[3] 丈夫：诗人的自称。

◇译文

满地卷曲的落叶，随风飘荡在我的窗前。

落叶的鸣响似乎有深意，杂乱的树叶相互追逐奔走。

黄昏来临，我独自坐在堂屋中一言不发。

童子从外面走进来，在我面前吹亮了灯火。

他问我我也不回答，送来了饭我也不吃。

他退到西墙边坐下，读了好几卷的古诗。

诗的作者都不是当今的人士，离我们现在已经有近千年了。

他们的诗句使我感触良深，又一阵凄凉酸楚的情绪涌上心头。

我回头对童子说：放下你的书去睡吧。

大丈夫应当有恒心，事业的成功可能需要好多年。

其九

霜风侵梧桐，众叶著树干。

空阶一片下，琤若摧琅玕。

谓是夜气灭[1]，望舒實[2]其团。

青冥[3]无依倚，飞辙[4]危难安。

惊起出户视，倚楹久汍澜。

忧愁费晷景，日月如跳丸。

迷复不计远，为君驻尘鞍。

◇注释

[1] 夜气灭：夜色尽。

[2] 霣（yǔn）：同“陨”，落下。

[3] 青冥：青色的天空。

[4] 飞辙：比喻运行的月车。

◇译文

风霜侵袭着梧桐树，干枯的树叶挂在树上。

空旷的台阶下忽然落下了一片树叶，声音清脆仿佛是敲击玉石。

还以为是黑夜已尽，望舒的车轮陨落到了人间。

青色的天空上，月亮无所依靠，面临着危险而难以安处。

我吃惊地走出门观看，久久地倚靠着门柱潸然泪下。

忧愁的日子终究会过去，时间过得像跳动的弹丸一样飞快。

如果能迷途知返，就不怕路远，我愿为你驻轮以待。

其十

暮暗来客去，群嚣各收声。

悠悠偃[1]宵寂，亹亹[2]抱秋明。

世累忽进虑，外忧遂侵诚。

强怀[3]张不满，弱念缺已盈。

诘屈避语阱，冥茫触心兵[4]。

败虞千金弃，得比寸草荣。

知耻足为勇，晏然谁汝令。

◇注释

[1] 偃：仰卧。

[2] 亹（wěi）亹：孜孜不倦的样子。

[3] 强怀：指自己倔强的志向。

[4] 心兵：心事。

◇译文

黄昏降临的时候，来客都归去了，各种喧嚣都收敛了声息。

深夜仰卧在床上，秋夜的月光一直照在自己的身上。

这时世俗之累都开始进入我的思绪，各种忧患也侵入了我的诚心。

我倔强的志向充满了对世俗的不满，但是屈服的念头逐渐由缺而盈。

出语曲折隐晦，以避言语之祸，冥茫中却又触发了心事。

若是因刚强而丢了官职，也不过是失去了千金而已，但委曲求全，就只能得到像一寸草那样的光荣。

人只有知道羞耻才能成为勇士，心情安然就没有谁能够对我发号施令。

其十一

鲜鲜霜中菊，既晚何用好。

扬扬[1]弄芳蝶，尔生还不早。

运穷两值遇，婉娈[2]死相保。

西风蛰[3]龙蛇，众木日凋槁[4]。

由来命分[5]尔，泯灭岂足道。

◇注释

[1] 扬扬：得意的样子。

[2] 婉娈：缠绵。

[3] 蛰：蛰伏，动物冬眠时潜伏在洞穴中不食不动的状态。

[4] 凋槁：凋零枯槁。

[5] 命分：命中的定数。

◇译文

鲜艳的菊花在风霜中开放，开得那么晚，再美又有什么用处呢？

得意地围绕着鲜花飞舞的蝴蝶，你也出生得那么晚。

时运穷困的菊花与蝴蝶刚好相遇，情意缠绵，至死相保。

西风凌厉，龙蛇都蛰伏冬眠，天地间的草木也日渐凋零。

这一切都是命中注定，即使生命终结也没什么可说的。

入关咏马

岁老岂能充上驷[1]，力微当自慎前程。

不知何故翻骧[2]首，牵过关门妄一鸣。

◇注释

[1] 上驷：上等马。

[2] 骧：后右足白的马，这里泛指马。

◇译文

年岁已高，岂能再充当上等马？力量微弱，更应该谨慎对待前面的路程。

不知为何马转回头来，牵过潼关时妄自叫了一声。

宿龙宫滩

浩浩复汤汤，滩声抑更扬。

奔流疑激电，惊浪似浮霜[1]。

梦觉灯生晕，宵残[2]雨送凉。

如何连晓语[3]，一半是思乡。

◇注释

[1] 浮霜：浪头的白沫如同白霜一样。

[2] 宵残：天亮之前。

[3] 连晓语：一直说话到天亮。

◇译文

浩浩汤汤的波涛，汹涌而来，浪涛声从低到高越来越响。

奔流的速度快似一道闪电，惊起的波涛好像白霜一样。

梦中醒来感觉油灯生了一圈光晕，眼看就要天亮，微雨送来阵阵清凉。

为什么我与你彻夜长谈，说的话中有一半都是在思念家乡。

送桂州[1]严大夫同用南字

苍苍森八桂，兹地在湘南。
江作青罗带，山如碧玉篸[2]。
户多输翠羽[3]，家自种黄甘[4]。
远胜登仙去，飞鸾不假骖[5]。

◇注释

[1] 桂州：指广西桂林。

[2] 玉篸（zān）：同“玉簪”，玉制的用来绾住头发的一种呈长针状首饰。

[3] 翠羽：翠鸟的羽毛，是一种珍贵的饰品。

[4] 黄甘：黄柑。

[5] 骖：驾车时位于两旁的马。此处用作动词，乘。

◇译文

郁郁葱葱的桂树漫山遍野，这就是在湘水以南的桂林。

江水曲折蜿蜒，如同一条青绿色的衣带，山如同碧绿的玉簪矗立江边。

每户都能向朝廷缴纳翠羽，家家都种植黄柑。

这里比仙境还要好，你也无须借助飞鸾去登仙。

送汴州监军俱文珍[1]

董晋为汴州陈留郡节度使，治汴州。俱文珍为监军。愈为观察推官，文珍将如京师，作序并诗送之。此首从《外集》文内录入。

奉使羌池[2]静，临戎[3]汴水安。
冲天鹏翅阔，报国剑铓[4]寒。
晓日驱征骑，春风咏采兰。
谁言臣子道，忠孝两全难。

◇注释

[1] 俱文珍：唐朝宦官。

[2] 羌池：青海湖。

[3] 临戎：亲临战阵，指监军。

[4] 剑铓：剑的尖端。

◇译文

董晋担任汴州陈留郡节度使，管理汴州。俱文珍担任监军。韩愈担任观察推官，当时，俱文珍将要前往京师，韩愈便作序和诗送给他。这首诗是从《外集》中选录的。

俱文珍曾奉命出使羌池，又担任监军，保障汴水一带的安宁。

他的心中有大鹏鸟一般的志向，报国的宝剑显露出寒气逼人的锋芒。

天刚亮时就骑马出征，归来后，以春风般的温暖去尽孝双亲。

谁说自古以来的臣子之道，忠孝难以两全？

送湖南李正字[1]归

长沙入楚深，洞庭值秋晚。
人随鸿雁少，江共蒹葭远。
历历余所经，悠悠子当返。
孤游怀耿介[2]，旅宿梦婉娩[3]。
风土稍殊音，鱼虾日异饭。
亲交俱在此，谁与同息偃[4]。

◇注释

[1] 李正字：李础，官秘书省正字。

[2] 耿介：耿直。

[3] 婉娩：安然的样子。

[4] 息偃：休息。

◇译文

长沙位于楚地的深处，洞庭湖正值晚秋。

鸿雁飞到这里便不再南飞了，行人也越来越少，江水与岸边的芦苇相映，显得苍茫辽远。

回首我所经过的路，历历在目，路途越来越远，你也该返回家乡了。

你为人正直，此次孤身一人回长沙，希望你能一路平安，夜里能安然入眠。

随着旅途越来越远，风物、习俗都将不同，吃的饭也变了。

你的亲友都在这里而不在湖南，到了长沙之后，谁陪你玩乐休息呢？

送侯喜

已作龙钟[1]后时者，懒于街里蹋尘埃。

如今便别长官[2]去，直到新年衙日[3]来。

◇注释

[1] 龙钟：身体衰老、行动不灵便的样子。

[2] 长官：韩愈自指。

[3] 衙日：到官衙参见长官之日。

◇译文

你已经是一个老态龙钟、落后于时俗的人，恐怕也懒得踏着尘埃在街道里四处奔波。

你现在可以告别长官归家休养，一直到新年正月的衙参之日再来。

送李六协律归荆南

早日羁游[1]所，春风送客归。
柳花还漠漠[2]，江燕正飞飞。
歌舞知谁在，宾僚逐使非。
宋亭池水绿，莫忘蹋芳菲。

◇注释

[1] 羁游：羁旅宦游。

[2] 漠漠：茂密的样子。

◇译文

那是我早年羁旅宦游的地方，迎着春风，我又送你过去。

那里的柳絮应该还在漫天飞扬，江上的燕子正在到处飞舞。

不知歌舞宴会上还有谁在，那些宾僚与节度使应该都不是从前的人了。

待到宋亭中的池水青绿时，不要忘了到那里去赏花、踏青。

芍药

浩态[1]狂香昔未逢，红灯烁烁[2]绿盘笼。

觉来独对情惊恐，身在仙宫第几重。

◇注释

[1] 浩态：大方的仪态。

[2] 烁烁：闪耀。

◇译文

如此舒展大方的仪态与浓烈的香味，我在过去从未遇到过，花朵如红灯般闪耀，绿叶茂密如笼。

醒来独自对着这美丽的鲜花，真让人深感惊恐，不知道自己是在第几重的仙宫中住着。

山石

山石荦确[1]行径微，黄昏到寺蝙蝠飞。
升堂[2]坐阶新雨足，芭蕉叶大栀子肥。
僧言古壁佛画好，以火来照所见稀[3]。
铺床拂席置羹饭，疏粝[4]亦足饱我饥。
夜深静卧百虫绝，清月出岭光入扉[5]。
天明独去无道路，出入高下穷烟霏[6]。
山红涧碧纷烂漫，时见松枥[7]皆十围。
当流[8]赤足蹋涧石，水声激激风吹衣。
人生如此自可乐，岂必局束[9]为人鞿[10]？
嗟哉吾党二三子，安得至老不更归！

◇注释

[1] 荦（luò）确：山石嶙峋的样子。

[2] 升堂：进入寺中厅堂。

[3] 稀：模糊，看不清。

[4] 疏粝：糙米饭。

[5] 光入扉：月光穿过门户。

[6] 烟霏：云烟弥漫。

[7] 松枥：松树和栎树。枥，同"栎"，落叶乔木。

[8] 当流：对着流水。

[9] 局束：拘束。

[10] 鞿（jī）：马笼头，这里比喻受人约束。

◇译文

山石嶙峋，道路狭窄曲折，我在黄昏时来到了这蝙蝠乱飞的寺庙。

登上庙堂坐在台阶上，刚下过一场充沛的雨，芭蕉的叶子硕大，栀子的花苞饱满。

这里的僧人告诉我，庙里古壁上的佛画画得好，他拿来火把照着让我仔细观看，可惜斑斑驳驳看不太清。

僧人为我铺床、设席，又准备好羹饭，虽然是简单的饭食，但也足够我饱腹了。

夜深了，我静卧在床上，虫子的鸣叫都已经停止了，明月升上了山岭，在窗台上洒下一片清辉。

天亮后，我独自出门走走，可是山中雾气缭绕，无法辨认前行的道路，沿着高高低低的山路一直走到云雾深处。

山上鲜艳的红花与碧绿的溪水相互映衬，缤纷烂漫，时而看见的松树和栎树，有十人合抱那么粗。

我赤着脚踏在溪水中的石子上，水声激越，山风吹起了我的衣服。

人生就应该像这样闲适快乐，何必处处受人家束缚呢？

哎呀，我那几个同性情的好友，人已年老，怎么还不辞官归乡！

峡石西泉

居然鳞介[1]不能容，石眼环环水一钟[2]。

闻说旱时求得雨，只疑科斗[3]是蛟龙。

◇注释

[1] 鳞介：有鳞和甲壳的水生动物。

[2] 钟：同“盅”，形容泉水之小。

[3] 科斗：蝌蚪。

◇译文

这里竟然连一只鳞介生物也容不下，因为石眼中仅有一盅泉水。

听说大旱之际，这里可以求雨，这不禁让人怀疑，难道这小小的蝌蚪变成了蛟龙。

条山苍[1]

条山苍，河水黄。

浪波沄沄[2]去，松柏在高冈。

◇注释

[1] 条山：中条山，在山西省西南部。苍：深绿色。

[2] 沄沄：波浪滔滔的样子。

◇译文

苍翠的中条山下，黄河水波涛滚滚。

波浪一泻千里，只有松柏挺立在山冈上。

同水部张员外籍曲江春游寄白二十二舍人

漠漠[1]轻阴晚自开，青天白日[2]映楼台。

曲江水满花千树，有底忙时不肯来。

◇注释

[1] 漠漠：雾气迷蒙一片。

[2] 青天白日：形容天气晴好。

◇译文

薄雾与烟云在傍晚时自然就会散开，晴空万里，阳光照耀着楼台。

曲江的春水上涨，岸边千棵花树已经盛开，不知你到底忙于何事，一直不肯过来。

题百叶桃花[1]

百叶双桃晚更红，窥窗映竹见玲珑。

应知侍史归天上，故伴仙郎[2]宿禁中[3]。

◇注释

[1] 百叶桃花：桃花的一种，又称千叶桃，唐朝人认为这种花能够消恨。

[2] 仙郎：作者自指。古代称尚书省诸曹郎官为仙郎，此时韩愈任考功郎中知制诰。

[3] 禁中：内廷。

◇译文

两棵百叶桃树，开满了桃花，到了晚上更加鲜红，从窗户往外看，它们在绿竹的掩映下，显得更加明丽鲜艳。

它们应该是知道了尚书省的侍史们归天庭管理，所以才在宫廷中陪伴我夜宿。

题张十一旅舍三咏

榴花

五月榴花照眼明，枝间时见子[1]初成。

可怜此地无车马，颠倒青苔落绛英[2]。

◇注释

[1] 子：石榴果。

[2] 绛英：深红色的花。

◇译文

五月里的石榴花颜色鲜艳，令人眼前一亮，枝叶间可以看到结出的石榴果。

可喜的是，这里没有车马经过，深红色的石榴花飘落在青苔上的美景没有被破坏。

井

贾谊[1]宅中今始见，葛洪[2]山下昔曾窥。

寒泉百尺空看影，正是行人渴死时。

◇注释

[1] 贾谊：西汉政治家、文学家，少有才名，长于散文与辞赋。

[2] 葛洪：字稚川，自号抱朴子，东晋道教学者、医药学家。

◇译文

贾谊宅中的水井我到今日才得一见，葛洪在罗浮山下修建的用于炼丹的水井我曾经看过一眼。

水井深达百尺，只能看倒影却不能供人饮用，这就是行人在井边也渴死的原因。

蒲萄

新茎未遍半犹枯，高架支离倒复扶。

若欲满盘堆马乳[1]，莫辞添竹引龙须[2]。

◇注释

[1] 马乳：葡萄中的一个品种。

[2] 龙须：葡萄藤上生长出来的卷曲的须。

◇译文

葡萄树新长出来的枝叶还没有遍布整个葡萄架，一半是去年的枯枝。高高的葡萄架歪歪斜斜，我将垂下的枝条重新牵引到葡萄架上。

要是想要葡萄架上结满一串串的马乳葡萄，那就不要害怕辛苦，再用些竹子搭架让新长出来的龙须攀缘。

题广昌馆[1]

白水龙飞[2]已几春，偶逢遗迹问耕人。

丘坟发掘当官路，何处南阳有近亲。

◇注释

[1] 广昌馆：随州枣阳县驿馆。枣阳县是刘秀的故里，汉时属于南阳郡。

[2] 白水龙飞：指东汉刘秀起兵南阳反王莽，建立东汉政权。后用来形容帝王的发迹。

◇译文

史上流传的关于白水龙飞的故事，已经过去了好多年，偶然看到了当年的遗迹，于是向耕田的农夫询问。

农夫说当年帝王的坟墓已经被盗墓人挖掘了，七零八落的，就在这官道上，南阳哪里还有刘秀的近亲。

题临泷寺[1]

不觉离家已五千，仍将[2]衰病入泷船。

潮阳[3]未到吾能说，海气昏昏[4]水拍天。

◇注释

[1] 临泷寺：古代县名，唐初属韶州（今广东省韶关市）。

[2] 将：带着。

[3] 潮阳：潮州。

[4] 昏昏：阴暗昏沉的样子。

◇译文

不知不觉已经离家五千里路了，我还要拖着病体登上渡泷水的客船。

潮阳虽然还没有到达，但是我可以说，那里一定是雾气昏沉，水浪接天。

题秀禅师房

桥夹水松[1]行百步，竹床莞席[2]到僧家。

暂拳[3]一手支头卧，还把鱼竿下钓沙。

◇注释

[1] 水松：一种海藻类植物。

[2] 莞席：用莞草编织的席子。莞，水葱一类的植物，晒干后可以用来编席。

[3] 拳：屈指握拳。

◇译文

小桥两边生长着水松，过桥再往前走一百来步，就来到了竹床上铺着莞席的秀禅师家。

累了就用手支着脑袋在竹床上躺一会儿，休息好之后再拿着钓鱼竿到沙滩上去垂钓。

题楚昭王[1]庙

丘坟[2]满目衣冠[3]尽，城阙[4]连云草树荒。

犹有国人怀旧德[5]，一间茅屋祭昭王。

◇注释

[1] 楚昭王：春秋时期楚平王之子。

[2] 丘坟：坟墓。

[3] 衣冠：用衣冠来指代历代名门世族。

[4] 城阙：城门两旁用来瞭望的阁楼，代指城楼。

[5] 旧德：指楚国旧人怀念楚昭王的恩德。

◇译文

山丘上，到处都是坟墓，曾经的名门世族已经作古，巍峨的城楼也隐没在荒芜的草木中。

仍然有楚国的遗民怀念楚昭王的恩德，在一间茅草屋中祭奠着他的英灵。

听颖师[1]弹琴

昵昵[2]儿女语，恩怨相尔汝。
划然变轩昂，勇士赴敌场。
浮云柳絮无根蒂，天地阔远随飞扬。
喧啾[3]百鸟群，忽见孤凤凰。
跻攀分寸不可上，失势一落千丈强。
嗟余有两耳，未省听丝篁[4]。
自闻颖师弹，起坐在一旁。
推手遽[5]止之，湿衣泪滂滂。
颖乎尔诚能，无以冰炭置我肠。

◇注释

[1] 颖师：一位善于弹琴的和尚。

[2] 昵昵：亲昵的样子。

[3] 喧啾：喧闹。

[4] 丝篁：管弦乐器。

[5] 遽：急忙。

◇译文

颖师的琴音如同一对亲昵的小儿女在窃窃私语，又像一对情人在互诉衷肠。

突然间琴声变得高昂起来，像勇敢的战士奔赴战场。

一会儿又如浮云和柳絮，在广阔的天地间随风飘扬。

转眼又仿佛在百鸟的喧闹声中听到了一只凤凰发出长鸣。

时而像在攀登悬崖峭壁，无法向上，时而像巨石坠落，传来阵阵回响。

可叹我空有一副耳朵，却不懂音律，欣赏不了音乐。

自从听到颖师的琴声，我在一旁情绪激昂，一会儿起身，一会儿坐下。

急忙伸手阻止他弹奏，却发现泪水已经沾湿了衣衫。

颖师啊，你竟然有这样高超的琴技，能够牵动我的情绪，请你暂时停下弹奏吧，不要再将琴声中的冰与火放到我的胸膛里了。

晚菊

少年饮酒时，踊跃见菊花。
今来不复饮，每见恒咨嗟[1]。
伫立摘满手，行行把归家。
此时无与语[2]，弃置奈悲何。

◇注释

[1] 咨嗟：伤感叹息。

[2] 无与语：无人可以说话。

◇译文

年轻时喝酒，喜欢看那些争先恐后盛开的菊花。

而今却再没有心情喝酒了，每次看到菊花都是长久地伤感叹息。

站在菊花丛中，摘了一大把的菊花，缓缓回家。

这个时候无人可以说话，被抛弃的命运啊，人花相同，悲伤又有什么用。

晚春

草树知春不久归[1]，百般红紫斗芳菲。

杨花榆荚[2]无才思，惟解[3]漫天作雪飞。

◇注释

[1] 不久归：不久就要过去。

[2] 榆荚：榆树的果实。又称“榆钱”。

[3] 惟解：只知道。

◇译文

花草树木知道春天很快就要过去了，于是纷纷争奇斗艳，一片万紫千红。

杨花和榆钱不能开出鲜艳的花去斗艳，只知道像雪花一样漫天飞舞。

晚泊江口

郡城朝解缆，江岸暮依村。

二女[1]竹上泪，孤臣[2]水底魂。

双双归蛰燕，一一叫群猿。

回首那闻语，空看别袖翻。

◇注释

[1] 二女：娥皇和女英二妃。

[2] 孤臣：屈原。

◇译文

早晨从巴陵郡解缆远行，黄昏的时候在江岸村边停泊。

二妃的眼泪依然在斑竹上留着，屈原的忠魂还沉在水底。

潜藏于江岸的燕子双双归巢栖息，群猿暮啼，一声声，凄怨至极。

回首远眺，已听不到你的声音，仿佛看见你挥别的衣袖随风摆动。

闻梨花发赠刘师命[1]

桃蹊[2]惆怅不能过，红艳纷纷落地多。

闻道郭西[3]千树雪，欲将君去醉如何？

◇注释

[1] 刘师命：名字事迹未详，为韩门子弟，于唐德宗贞元二十一年（805）来到阳山，与韩愈相聚。

[2] 桃蹊：桃树下踩成的小路。

[3] 郭西：城垣西边。

◇译文

桃树下的小路落满了桃花，我却没空去观赏，真是令人惆怅，鲜艳的红花纷纷扬扬，落在地上越积越多。

听说城垣的西边有上千棵梨树盛开着雪白的花，我想与你一同去那里喝酒赏花，你觉得如何？

湘中酬张十一功曹[1]

休垂绝徼[2]千行泪，共泛清湘一叶舟。

今日岭猿兼越鸟，可怜同听不知愁。

◇注释

[1] 张十一：张署，是韩愈的好友，他们曾一同被贬谪。功曹：州府功曹参军的省称，掌管官员考核以及文化教育卫生诸事宜。

[2] 绝徼：偏远的边塞之地。此处指的是广东和湖南两地，韩愈和张署被贬官至此地。

◇译文

不要再因为被贬谪到边塞之地而伤心流泪了，如今我们“遇大赦”，又可以在湘水之上同乘一叶扁舟赴任江陵。

今日途经此地，又听到山上猿猴与越鸟的啼叫，同样的叫声现在听起来十分可爱，感觉不到忧愁了。

湘中

猿愁鱼踊水翻波，自古流传是汨罗。

蘋藻[1]满盘无处奠，空闻渔父扣舷[2]歌。

◇注释

[1] 蘋藻：水中植物。

[2] 扣舷：敲打船舷。

◇译文

水边的猿猴啼声悲苦，令人忧愁，水中的游鱼跳出水面，江水翻腾着波浪，这就是自古以来流传屈原投江故事的汨罗江。

我采集了满盘的蘋藻，却无处去祭奠屈原，只听到渔父敲打着船舷，吟唱着不知名的渔歌。

戏题牡丹

幸自同开俱隐约[1]，何须相倚斗轻盈。

陵晨[2]并作新妆面，对客偏含不语情。

双燕无机[3]还拂掠，游蜂多思正经营。

长年是事皆抛尽，今日栏边暂眼明。

◇注释

[1] 隐约：牡丹花隐约在枝叶之间。

[2] 陵晨：凌晨，清晨。

[3] 无机：没有心机。

◇译文

庆幸这些牡丹花一起开放，在枝叶间隐隐约约，你们何必相互倚靠着争奇斗艳、比试轻盈呢。

清晨时都展现出崭新的面容，对着来观赏的宾客满含深情，娇羞不语。

两只没有心机的燕子像往常一样从花上飞过，而多情的蜜蜂正在花间忙碌，盘旋采蜜。

多年来我已经将俗事抛下，今天在栅栏边，这些艳丽的牡丹花让我眼前一亮。

学诸进士作精卫衔石填海

鸟有偿冤[1]者，终年抱寸诚。
口衔山石细，心望海波平。
渺渺功难见，区区命已轻。
人皆讥造次[2]，我独赏专精。
岂计[3]休无日，惟应尽此生。
何惭[4]刺客传，不著报雠[5]名。

◇注释

[1] 偿冤：报怨。

[2] 造次：荒唐。

[3] 计：考虑。

[4] 何惭：有什么可惭愧的。

[5] 不著：没有记载。雠：同“仇”。

◇**译文**

精卫是鸟中懂得报怨的，它长年累月地怀抱着一颗填海之心。

嘴里衔着细小的石子，心中期盼着能够填平大海。

可是它的力量太渺小，难以体现出功效，但是它不惧困难，将生死看得很轻。

人们都讥笑它的行为太荒唐，我却欣赏它这种专一的精诚。

何必去计较有没有休止的日期，只愿用尽这一生的力量。

在《刺客传》中没有留名的侠客又有什么好惭愧的呢，他们问心无愧地去报仇，本来就不求留名。

谢自然[1]诗

果州谢真人上升在金泉山，贞元十年十一月十二日白昼轻举，郡守李坚以闻，有诏褒谕。

果州南充县，寒女谢自然。
童騃[2]无所识，但闻有神仙。
轻生学其术，乃在金泉山。
繁华荣慕绝，父母慈爱捐[3]。
凝心感魑魅[4]，慌惚难具言。
一朝坐空室，云雾生其间。
如聆笙竽[5]韵，来自冥冥天[6]。
白日变幽晦，萧萧风景寒。
檐楹暂明灭，五色光属联。
观者徒倾骇，踯躅讵敢前。
须臾自轻举，飘若风中烟。
茫茫八纮[7]大，影响无由缘。
里胥上其事，郡守惊且叹。
驱车领官吏，氓俗争相先。

入门无所见，冠履同蜕蝉。
皆云神仙事，灼灼信可传。
余闻古夏后[8]，象物知神奸。
山林民可入，魍魉莫逢旃。
逶迤[9]不复振，后世恣欺谩。
幽明纷杂乱，人鬼更相残。
秦皇虽笃好，汉武洪其源。
自从二主来，此祸竟连连。
木石生怪变，狐狸骋妖患。
莫能尽性命，安得更长延。
人生处万类，知识最为贤。
奈何不自信，反欲从物迁。
往者不可悔，孤魂抱深冤。
来者犹可诫，余言岂空文。
人生有常理，男女各有伦。
寒衣及饥食，在纺绩耕耘。
下以保子孙，上以奉君亲。
苟异于此道，皆为弃其身。
噫乎彼寒女，永托异物[10]群。
感伤遂成诗，昧者宜书绅[11]。

◇注释

[1] 谢自然：传说中的女道士。

[2] 童騃（ái）：年幼无知。騃，痴呆，愚蠢。

[3] 捐：抛弃。

[4] 魑魅：鬼怪。

[5] 笙竽：笙和竽都是乐器。

[6] 冥冥天：遥远的天空。

[7] 八纮（hóng）：八方极远之地。

[8] 夏后：夏代的君主夏禹。

[9] 逶迤：连绵不绝的样子。

[10] 异物：指逝世的人。

[11] 书绅：写在衣带上。古人将要事或格言写在衣带上，以提醒或警示。

◇译文

果州的谢自然成仙于金泉山，她在贞元十年（794）十一月十二日的白天飞升，当地的郡守李坚听闻后，还下令褒奖此事并晓谕众人。

果州南充县有个出身贫寒的女子，名叫谢自然。

她年幼无知，听说世上有神仙就信从了。

她要去学习仙术，就抛弃了世俗生活，在金泉山当了女道士。

世上的繁华荣誉她都弃绝了，连父母的养育之恩也抛却了。

她聚心凝神，潜心修仙，去感动鬼怪，这种事情模糊不清，难以一一表述出来。

有一天她坐在空空的屋子里，忽然感到有云雾升腾。

仿佛听到了笙竽的乐声，从遥远的天边传来。

白天一下子变得幽暗阴晦，风声萧萧，景象凄凄，让人不寒而栗。

屋檐和楹梁忽明忽暗，不断出现五色的光芒。

在一旁观看的人都十分害怕，徘徊着不敢向前。

过了一会儿，谢自然的身体就飞上了天，好像风中的云烟一样飘飘然。

茫茫的八极之地辽阔无边，却看不到她的身影，也听不到她的声音。

乡里的保甲将这件事汇报到了上司那里，郡中的太守听到后又惊又叹。

于是带领着官吏驱车前往，村里的百姓也争相前去观望。

进门之后什么也看不到，只有谢自然的衣冠鞋袜，就像蝉蜕下的壳一样。

人们纷纷传说着谢自然成仙的故事，言之凿凿，广为流传。

我听说在远古的夏朝，夏禹在鼎上铸刻各种动物的形象，让人们分辨神灵和鬼怪。

于是百姓可以进入山林，不会再害怕遇到鬼怪。

但多年之后，这种良好的风气再也没能振兴，世上出现了越来越多的欺骗之事。

阴间和人世纷乱杂陈，人与鬼怪也互相残害。

秦始皇迷信长生之术，汉武帝在这个基础上更加弘扬。

自从这两代君主以来，有关鬼怪的灾祸就连绵不绝。

树木和石块变化成各种妖怪受人供奉，狐狸也变幻出各种妖术害人。

人都不能正常地寿终正寝，又怎么能靠这来延长自己的寿命？

人类在世间万物当中，是最有知识的生物。

奈何却没有主见和信心，反而随着世俗的观念改变思想。

已经过去的就不要再追悔了，那些上当的孤魂只有抱冤长恨。

但在未来的日子里应该引以为戒，我说的这些话怎么会是一纸空文？

人生有一定的运行规律，男女之间也有各自的生活秩序。

寒冷时穿的衣服，饥饿时吃的饭，这些都要依靠纺织和耕耘获得。

向下要保护自己的子孙，向上要侍奉自己的君主和父母。

如果有异于这些道德伦常的，都是舍弃身体与生命的错误做法。

可叹那个贫民的女儿谢自然啊，她将永远寄身于非人类之中。

我因听到这件事而伤感，于是写下了这首诗，那些愚昧的人应该把它写在衣带上，以作警示。

游太平公主[1]山庄

公主当年欲占春，故将台榭压城闉[2]。

欲知前面花多少：直到南山[3]不属人。

◇注释

[1] 太平公主：武则天之女，权倾一时。

[2] 城闉（yīn）：城门外的曲城。

[3] 南山：终南山。

◇译文

太平公主当年想占有长安近郊的春色，于是将自己的山庄建得比京城的城闉还要高。

想知道山庄前面的花木有多少：一直到终南山都不属于其他人。

醉留东野[1]

昔年因读李白杜甫诗，长恨二人不相从。

吾与东野生并世，如何复蹑[2]二子踪？

东野不得官，白首夸龙钟[3]。

韩子稍奸黠，自惭青蒿倚长松。

低头拜东野，原得终始如駏蛩[4]。

东野不回头，有如寸莛[5]撞钜钟。

吾愿身为云，东野变为龙。

四方上下逐东野，虽有离别何由逢？

◇注释

[1] 东野：孟郊，字东野，中唐著名诗人，韩愈的好友。

[2] 蹑：追随。

[3] 龙钟：衰老的样子。此时孟郊四十八岁，还没有得官，这里的“龙钟”是反话。

[4] 駏（jù）蛩：《淮南子·道应训》：“北方有兽，其名曰蹷，鼠前而兔后，趋则顿，走则颠，常为蛩蛩駏驉取甘草以与之，蹷有患害，蛩蛩駏驉必负而走。”

蛩蛩駏驉是古代传说中的一种动物，常背负一种叫“蟨(jué)”的动物行走，蟨为它取甘草吃，它们互相帮助。此处应为简称，当为“蟨蛩”。

[5] 寸莛（tíng）：短草茎，此处为韩愈自比。莛，古同“筳”。

◇译文

以前我拜读李白和杜甫的诗时，被他们之间深厚的友谊所打动，常常怅恨他们不能经常在一起。

我与东野生活在同一个时代，不知为何重蹈了李杜两人的覆辙，聚少离多。

东野一直没有等来朝廷任命新职，年纪大了，只好夸说自己老态龙钟。

我稍微有点小聪明，但是跟东野比，也自愧渺小，就好像是青蒿依靠着青松。

我甘愿低头向东野下拜，希望我们永远不分离，就像相依为命的蟨与蛩一样。

东野此番离去不再返回，我的挽留就像用小草去撞大钟。

我希望自己能够变成天上的白云，东野变成腾云的巨龙。

这样我就可以环绕在东野的周围，虽然人世间还有离别之事，但都与我们无关了。

自袁州还京行次安陆先寄随州周员外[1]

行行指汉东[2]，暂喜笑言同。

雨雪离江上，蒹葭出梦中。

面犹含瘴色[3]，眼已见华风[4]。

岁暮难相值，酣歌未可终。

◇注释

[1] 周员外：周君巢，与韩愈同朝为官。

[2] 汉东：湖北随州。

[3] 瘴色：受瘴气侵害的气色。

[4] 华风：中原地区的风俗。

◇译文

接到皇帝让我回京的诏令，我匆忙朝长安赶，现在已经到了随州了。此时我非常开心，终于可以回到中原了。

渡长江的时候，雨雪交加，两岸的芦苇苍茫一片，仿佛在梦中。

我的脸上还有南方瘴气侵害的气色，眼睛却已经能看到中原的风景了。

恐怕我们今年年末时难以相见，但是希望重逢时，还能酣畅地喝酒唱歌不停息。

祖席[1]二首（选一）

秋字[2]

淮南悲木落，而我亦伤秋。
况与故人别，那堪羁宦愁。
荣华今异路，风雨昔同忧。
莫以宜春[3]远，江山多胜游。

◇注释

[1] 祖席：饯别的宴席。

[2] 秋字：在饯别的宴席上，韩愈分别以“前”字、“秋”字为韵，作《祖席》二首相送，一首云“得前字”，一首云“得秋字”。此诗为后一首。

[3] 宜春：地名，属江西。

◇译文

淮南王曾经悲伤秋天草木凋落，如今我也开始伤秋了。

更何况是跟故人分别，还加上羁旅游宦之愁呢。

想当年我们说荣华同享，如今却成了异路人，我愿意与你风雨同舟，患难与共。

请不要觉得宜春离京城太远，那里风景如画，希望你能在那里畅游。

早春呈水部张十八员外[1]二首

其一

天街[2]小雨润如酥，草色遥看近却无。

最是一年春好处，绝胜烟柳满皇都。

◇注释

[1] 张十八员外：唐代诗人张籍，时任水部员外郎。

[2] 天街：京城的街道。

◇译文

京城的街道上飘洒着小雨，润滑如酥，远远望去可以看到成片青绿的小草，走近了看却稀稀疏疏。

早春的景致是一年中最美的，远远胜过满城绿柳的晚春景色。

其二

莫道官忙身老大[1]，即无年少逐春心。

凭君先到江头看，柳色如今深未深。

◇注释

[1] 身老大：年纪大。

◇译文

不要说官事繁忙，年纪大了，就失去了少年时追赶春天的心。

请你先到江边看一看，当下的柳色是否已经很深了。

早春雪中闻莺

朝莺雪里新，雪树眼前春。
带涩先迎气，侵寒已报人。
共矜[1]初听早，谁贵后闻频。
暂啭那成曲，孤鸣岂及辰[2]。
风霜徒自保，桃李讵[3]相亲。
寄谢幽栖友，辛勤不为身。

◇注释

[1] 共矜：都看重。

[2] 及辰：到一个时辰。

[3] 讵：不，非。

◇译文

早晨的黄莺在雪中啼叫，显得很新奇，看到落满雪的树丛，察觉春天已经到了。

黄莺的啼叫还有些语涩，它最早感受到了春天的气息，冒着寒气向人们传递春天来临的消息。

人们都很看重最初听到的黄莺的啼叫，对于后来的频频啼叫，又有谁觉得稀奇。

一时的鸣唱不成曲调，孤独的鸣叫也不到一个时辰。

风霜之中只能自己保重，桃树、李树并不与之相亲。

寄语幽居的朋友们，我辛勤地啼叫并不是为了自己。

左迁至蓝关示侄孙湘[1]

一封[2]朝奏九重天，夕贬潮州路八千。
欲为圣明除弊事[3]，肯将衰朽惜残年？
云横秦岭家何在？雪拥蓝关[4]马不前。
知汝远来应有意[5]，好收吾骨瘴江[6]边。

◇注释

[1] 侄孙湘：韩愈的侄孙韩湘。

[2] 一封：指韩愈上奏的一封奏章。唐元和十四年（819）正月，唐宪宗把佛骨从凤翔法门寺迎入宫廷供奉，韩愈认为这种信佛行为对国家无意义，便写了一篇《论佛骨表》，劝谏唐宪宗，指出信佛对国家无益，结果触怒了唐宪宗，被贬为潮州刺史。

[3] 弊事：政治上的弊端。

[4] 蓝关：蓝田关，在陕西蓝田县东南。

[5] 应有意：应该猜到我此去凶多吉少。

[6] 瘴江：岭南有瘴气的江河。

◇**译文**

早上刚上了一封奏章，晚上就被贬谪到千里之外的潮州。

本来是想为圣上除去那些有害的事，岂肯因为年老多病就苟且偷生？

回望长安，浮云遮住秦岭，我的家乡在哪里？蓝田关大雪纷飞，马儿到了这里也踟蹰不前。

我知道你这次远道而来，应是猜到了我此去凶多吉少，正好在这潮州瘴气弥漫的江边，将我的尸骨收去安葬。

贞女峡

江盘峡束[1]春湍豪，雷风战斗鱼龙逃。

悬流轰轰射水府[2]，一泻百里翻云涛[3]。

漂船摆石万瓦裂，咫尺[4]性命轻鸿毛。

◇注释

[1] 峡束：江水为峡谷所束缚。

[2] 射水府：直冲入深水之中。

[3] 翻云涛：波涛翻滚如云涛翻涌。

[4] 咫尺：形容距离之近，这里也指时间之短。

◇译文

江水蜿蜒曲折，被高高的峡谷所束缚，春水湍急，汹涌而过，江水翻腾，声势浩大，仿佛雷与风在搏斗，鱼龙都被吓跑了。

江水从高处流下，轰轰作响，直冲入深水之中，一泻百里，翻起巨大的浪涛。

湍急的江水能够将漂浮的船只吞没，也能移动巨石，将万片瓦击裂，人的性命在江水面前就如同鸿毛一样渺小。

知音者诚希[1]

知音者诚希，念子不能别。

行行[2]天未晓，携酒踏明月。

◇注释

[1] 希：同“稀”，稀少。

[2] 行行：来回踱步。

◇译文

能够成为知心朋友的人太少了，你与我情谊深厚，我不忍心与你分别。

在天还未亮的时候，我们就一起踱步畅谈，到了夜晚，我们又携着美酒，踏着月色长谈。

雉带箭

原头火烧静兀兀[1]，野雉畏鹰出复没。
将军欲以巧伏人，盘马[2]弯弓惜不发。
地形渐窄观者多，雉惊弓满劲箭加。
冲人决起百馀尺，红翎白镞[3]随倾斜。
将军仰笑军吏贺，五色离披[4]马前堕。

◇注释

[1] 兀兀：静止的样子。

[2] 盘马：骑马盘旋。

[3] 镞：箭头。

[4] 离披：分散下垂的样子。

◇译文

一场大火后的原野上静悄悄的，野鸡被火驱出了草丛，看到猎鹰之后又躲藏起来。

将军想要展现自己的技法，以服众人，骑着马盘旋不前，拉满了弓却不发箭。

地形越来越窄，围观的人也越来越多，野鸡受到了惊吓飞起来，将军立刻将箭射出，射中了野鸡。

那只受伤的野鸡带着箭冲向了人群，突然又飞了百余尺高，挣扎之后，被血染红羽毛的野鸡和光亮的箭镞一起下坠。

将军仰天大笑，军吏们都来庆贺，只见那彩色羽毛分散着的野鸡刚好落在了马前。

韩愈文

答李翊书

六月二十六日愈白：李生足下[1]：生之书辞甚高，而其问何下而恭[2]也！能如是，谁不欲告生以其道。道德之归也有日矣，况其外之文乎？抑愈所谓望孔子之门墙而不入于其宫者，焉足以知是且非邪？虽然，不可不为生言之。

生所谓立言者是也；生所为者与所期者甚似而几矣。抑不知生之志蕲[3]胜于人而取于人邪？将蕲至于古之立言者邪？蕲胜于人而取于人，则固胜于人而可取于人矣；将蕲至于古之立言者，则无望其速成，无诱于势利，养其根而俟其实，加其膏而希其光。根之茂者其实遂，膏之沃者其光晔[4]；仁义之人，其言蔼如[5]也。

抑又有难者：愈之所为，不自知其至犹未也，虽然，学之二十余年矣。始者非三代两汉[6]之书不敢观，非圣人之志不敢存，处若忘，行若遗，俨乎其若思，茫乎其若迷。当其取于心而注于手也，惟陈言[7]之务去，戛戛[8]乎其难哉。其观于人，不知其非笑之为非笑也。如是者亦有年，犹不改，然后识古书之正伪，与虽正而不至焉者，昭昭然[9]白黑分矣，而务去之，乃徐有得也。当其取于心而注于手也，汩汩然来矣。其观于人也，笑之则以为喜，誉之则以为忧，以其犹有人之说者存也。如是者亦有年，然后浩乎其沛然[10]矣。吾又惧其杂也，迎而距之，平心而察之，其皆醇[11]也，然后肆[12]焉。

虽然，不可以不养也。行之乎仁义之途，游之乎《诗》《书》之源，无迷其途，无绝其源，终吾身而已矣。

气，水也；言，浮物也。水大而物之浮者大小毕浮，气之与言犹是也，气盛则言之短长与声之高下者皆宜。虽如是，其敢自谓几于成乎？虽几于成，其用于人也奚取焉？虽然，待用于人者，其肖于器[13]邪？用与舍属诸人。君子则不然：处心有道，行己有方；用则施诸人，舍则传诸其徒，垂诸文而为后世法：如是者，其亦足乐乎？其无足乐也？

有志乎古者希矣！志乎古必遗乎今，吾诚乐而悲之。亟称其人，所以劝之，非敢褒其可褒而贬其可贬也。问于愈者多矣，念生之言不志乎利[14]，聊相为言之。愈白。

◇注释

[1] 李生：李翊。足下：对同辈人的尊称。

[2] 下而恭：谦虚恭敬。

[3] 蕲：同“祈”，求，希望。

[4] 晔：明亮。

[5] 蔼如：亲切和蔼的样子。

[6] 三代：夏、商、周。两汉：西汉、东汉。

[7] 陈言：陈词滥调。

[8] 戛戛：吃力的样子。

[9] 昭昭然：明亮的样子。

[10] 沛然：充盈、丰富的样子。

[11] 醇：同“纯”，纯正。

[12] 肆：放纵。

[13] 肖于器：像一件有用途的武器。

[14] 不志乎利：志向不在追求名利。

◇译文

六月二十六日韩愈言：李生足下，你来信的文辞立意很高，你提问的态度又是多么谦卑和恭敬呀！能像你这样，谁不愿把仁义之道告诉你呢？可见儒家的仁义道德回归也指日可待了，何况那些表述道德的文章呢？不过我也只是所谓远远地望见孔子的门墙而未登堂入室的人，怎么能谈论是或非呢？虽然如此，还是不能不跟你谈谈我的看法。

你所说的要著书立说的想法，是正确的；你所做的和你所期望的，已经很接近了。只是不知道你的“立言”之志，是希望超过别人而被人所采用呢，还是希望达到古代著书立说的人的境界呢？如果是希望超过别人而被人所采用，那你已经达到了。如果是期望达到古代著书立说的人的境界，那就不要希望它能够快速实现，不要被权势利益所引诱，种植树木要注重培育它的根，让灯亮起来要先加油。根长得旺盛果实就能成熟，灯油充足灯光就明亮；仁义之人，他的文辞自然也亲切和蔼。

或许还是有困难之处：我所写的文章，自己也不知道它是否达到了古代立言者的境界，虽然如此，但我学习古文也已有二十多年了。开始的时候，不是夏、商、周三代和东、西两汉的书就不敢轻易翻看，不是圣人思想、志向就不敢存留心中，静处时好像有所忘记，行走时好像有所遗失，庄重的样子像在思考，茫茫然像是着了迷。当把心里所想的书写出来的时候，想要把那些陈词滥调去掉，是多么艰难啊。把文章拿给别人看时，不在乎别人的非难和讥笑。像这样的情况持续了不少年，我依然没有改变自己的主张，我逐渐能够识别古书中道理的真与假，那些虽然正确但还不够完善的内容，越来越清楚明了，务必去除那些不正确和不完善的，才能慢慢有所收获。这时把心里所想的用手写出来，文思就像泉水一样涌现。再拿这些文章给别人看，他们讥笑我的文章时我反而高兴，别人称赞它时我却担忧，因为文章里还存有世人的观点和看法。像这样又过了几年，我的文思才真是像浩荡的江水一样奔涌而来。我又担心文章中还有杂乱不纯的地方，于是像阻拦江水一样截住思路，平心静气地审视它，直到意思都纯正了，然后才无拘无束地去写。尽管如此，还是不得不继续加深自己的修养。在仁义的道路上行进，在《诗经》《尚书》里畅游，不迷失方向，不断绝源头，这是我一生的追求。

文章的思想，就像水；语言，就像水上漂浮的物体。水势大，就能够使大小物体都漂浮起来，文章的气势和语言也是如此，思想丰富，那么语言的长短与声音的抑扬就都会恰到好处。虽然这样，难道就敢说自己的文章接近成功了吗？即使接近成功了，被人采用时，别人能从我这里学到什么呢？尽管如此，等待被人采用的见解，难道就像一件武器一样有用吗？用或不用都取决于别人。君子就不是这样：他们思考问题本着仁义的原则，自己行事有一定的原则；如果他们被任用就在人们中推行道，如果不被人所任用就把道传给弟子，借文章流传下去为后世效法：像这样的情况，是值得高兴呢，还是不值得高兴呢？

有志于学习古代立言著书的人很少了！有志于学习古人之道的人，必定被今人所冷落，我实在是为有志于学古的人高兴，但也为他们悲伤。我一再称赞那些有志于学古的人，以此来勉励他们，这样并不是随意表扬那些可以表扬的人，贬斥那些可以贬斥的人。向我问道的人很多，念在你的志向并不在于追求功利，姑且对你讲这些话。韩愈言。

祭十二郎文

年月日，季父[1]愈闻汝丧之七日，乃能衔哀[2]致诚，使建中远具时羞之奠，告汝十二郎之灵：

呜呼！吾少孤，及长，不省所怙[3]，惟兄嫂是依。中年，兄殁南方，吾与汝俱幼，从嫂归葬河阳。既又与汝就食江南，零丁孤苦，未尝一日相离也。吾上有三兄，皆不幸早世；承先人后者，在孙惟汝，在子惟吾。两世一身，形单影只。嫂常抚汝指吾而言曰："韩氏两世，惟此而已。"汝时尤小，当不复记忆；吾时虽能记忆，亦未知其言之悲也。

吾年十九，始来京城；其后四年，而归视汝。又四年，吾往河阳省坟墓，遇汝从嫂丧来葬。又二年，吾佐董丞相于汴州，汝来省吾，止一岁，请归取其孥[4]。明年丞相薨[5]，吾去汴州，汝不果来。是年，吾佐戎徐州，使取汝者始行，吾又罢去，汝又不果来。吾念汝从于东，东亦客也，不可以久。图久远者，莫如西归，将成家而致汝。呜呼，孰谓汝遽[6]去吾而殁乎！吾与汝俱少年，以为虽暂相别，终当久相与处，故舍汝而旅食京师，以求斗斛之禄。诚知其如此，虽万乘之公相，吾不以一日辍汝而就也。

去年，孟东野往。吾书与汝曰："吾年未四十，而视茫茫，而发苍苍，而齿牙动摇。念诸父与诸兄，皆康强而早世，如吾之衰者，其能久存乎？吾不可去，汝不肯来，恐旦暮死，而汝抱无涯之戚也。”孰谓少者殁而长者存，强者夭而病者全乎！呜呼，其信然邪？其梦邪？其传之非其真邪？信也，吾兄之盛德而夭其嗣乎？汝之纯明而不克蒙其泽乎？少者、强者而夭殁，长者、衰者而存全乎？未可以为信也。梦也，传之非其真也，东野之书，耿兰之报，何为而在吾侧也？呜呼！其信然矣！吾兄之盛德而夭其嗣矣！汝之纯明宜业其家者不克蒙其泽矣！所谓天者诚难测，而神者诚难明矣！所谓理者不可推，而寿者不可知矣！虽然，吾自今年来，苍苍者或化而为白矣，动摇者或脱而落矣。毛血日益衰，志气日益微，几何不从汝而死也。死而有知，其几何离？其无知，悲不几时，而不悲者无穷期矣。汝之子始十岁，吾之子始五岁，少而强者不可保，如此孩提者又可冀其成立邪？呜呼哀哉！呜呼哀哉！

汝去年书云：“比得软脚病，往往而剧。”吾曰：是疾也，江南之人常常有之，未始以为忧也。呜呼！其竟以此而殒其生乎？抑别有疾而至斯乎？汝之书，六月十七日也；东野云汝殁以六月二日；耿兰之报无月日。盖东野之使者，不知问家人以月日；如耿兰之报，不知当言月日。东野与吾书乃问使者，使者妄称以应之耳。其然乎？其不然乎？

今吾使建中祭汝，吊汝之孤与汝之乳母。彼有食可守以待终丧，则待终丧而取以来；如不能守以终丧，则遂取以来。其余奴婢，并令守汝丧。吾力能改葬，终葬汝于先人之兆，然后惟其所愿。呜呼！汝病吾不知时，汝殁吾不知日；生不能相养以共居，殁不得抚汝以尽哀；殓不凭其棺，窆[7]不临其穴；吾行负神明而使汝夭，不孝不慈，而不得与汝相养以生，相守以死，一在天之涯，一在地之角；生而影不与吾形相依，死而魂不与吾梦相接，吾实为之，其又何尤？彼苍者天，曷其有极！

自今已往，吾其无意于人世矣。当求数顷之田于伊、颍之上，以待余年。教吾子与汝子，幸其成；长吾女与汝女，待其嫁——如此而已。呜呼！言有穷而情不可终，汝其知之邪？其不知也邪？呜呼哀哉，尚飨！

◇注释

[1] 季父：父辈中排行最小的叔父。

[2] 衔哀：心中含着悲哀。

[3] 怙：依靠。

[4] 孥：家眷，妻子和子女的统称。

[5] 薨：古时诸侯或二品以上的大官的死称为薨。

[6] 遽：骤然。

[7] 窆：下棺入土。

◇译文

某年某月某日，在我听闻你去世消息后的第七天，才能怀着悲痛的心情来表达对你的心意。我让建中远路赶去置办祭祀用的应时佳肴，以告慰你十二郎的灵魂：

唉！我在年幼时就失去了父亲，长大了，也无所依靠，只能由兄嫂来抚养。哥哥在中年时死于南方，当时我与你年纪都还很小，我跟随着嫂嫂将哥哥送回河阳安葬。随后我又与你在江南谋生。虽然孤苦伶仃，但是我们相互陪伴，没有分开过一天。我本来有三个哥哥，都不幸早死；继承先父的后代，在孙子辈里只有你，在儿子辈里只有我。子孙两代都只剩一个人，孤孤单单。嫂嫂经常抚摸着你对我说："韩氏两代，只有你们两个了！"你那时还小，不记事；我虽然已经记事了，但当时也不能体会她话中的悲伤。

我十九岁的时候，第一次来到京城；四年后，才回家看你。又过了四年，我去河阳祭拜先祖，遇到你送嫂嫂的灵柩来安葬。又过了两年，我在汴州辅佐董丞相，你过来看我，只待了一年，就说要回家将家眷接过来。第二年，董丞相去世了，我离开了汴州，你也没能过来。那一年，我在徐州辅佐军事，派人去接你，人刚要启程，我又罢职离开了，你还是没能过来。我想你若跟我到东边的徐州，也是客居他乡，不能长久。如果想要长久地待下去，不如回到西边的河阳老家，我计划将家安顿好再接你过来。唉！谁想到你这么快就去世离开了我啊！我与你都还年轻，本以为是暂时分别，以后肯定能长久地在一起，所以我才离开你旅居京城，以求得微薄的俸禄。如果知道是今天这样的结果，纵然是做王公宰相，我也不会离开你一天的。

去年，孟东野去江南。我写了信托他带给你说："我还不到四十岁，却眼睛昏花，白发苍苍，牙齿松动。想到我的几位叔伯和兄长，都是在正值壮年的时候就去世了，像我这样衰弱的身体，还能活多久呢？我不能离开这里，你又不肯过来，恐怕我早晚死去，使你忍受无边的悲痛啊！"谁能想到年轻的你死了，而年老的我还活着，强壮的人夭折了，而多病的人却保全了啊！唉！这是真的吗？不是梦吗？这个消息不是真的吧？如果是真的，为何我的哥哥品行美好却过早地失去了后代？为何你那么正直贤明却不能承袭他的恩泽？为何年少力强的早死，而年老衰弱的却活着呢？我不相信这是真的。一定是梦，可是若这个消息不是真的，为何东野的来信、耿兰的丧报都在我的身边呢？唉！这是真的了！我的哥哥品行美好却过早地失去了后代！你那么正直贤明却不能承袭他的恩泽！这真是天意难测，神明难以让人明白！这真是天理不可推测，寿命不能预卜啊！虽然如此，我从今年以来，花白的头发就要全白了，松动的牙齿就要脱落了。身体越来越衰弱，精神越来越差，恐怕过不了多久就要随你而去了。如果死后还有意识，那我们分离了多久呢？如果死后没有意识，那我也悲痛不了多久了，而且死后不悲痛的时间是无穷无尽的。你的儿子今年才十岁，我的儿子今年才五岁，年壮力强的人尚且不能保全，像这样的孩子，又怎么能希求他们长大成人呢？悲恸啊！悲恸啊！

你去年来信说："近来得了脚气病，越来越严重了。"我说："这种病，江南很多人都有。"一开始并没有把它看成值得担忧的大事。唉！难道竟是这个病夺去了你的生命吗？还是因为其他的疾病而造成这个不幸的呢？我收到你的书信，是在六月十七日；孟东野说，你是六月二日去世的；耿兰报丧时没有写明几月几日。大概东野的差使，没有向家里人问清楚月日；而耿兰的丧报，又不知道应当说清你死的月日。或是东野给我写信时，才去问差使，差使胡说了时间以应付他罢了。是这样呢？还是不是这样呢？

现在我派建中去祭奠你，慰问你的儿子和你的乳母。他们若有粮食可以维持到三年之丧期满，就等到丧期结束以后接他们来；如果生活困难而不能守满丧期，那就现在把他们接来。其余的奴婢，都让他们为你守丧。等到我有能力改葬的时候，一定把你的灵柩从宣城迁回，安葬在河阳祖先的墓地里，这样才算完成了你我的心愿。唉！我不知道你是哪一天得病的，也不知道你是哪一天去世的；你活着的时候我们不能住在一起，你死的时候我不能抚尸痛哭；你入殓时我没能在棺前守灵，你下棺入葬时我又不能亲临你的墓穴；我的行为一定是辜负了神明，才让你这么早死去，我对上不孝，对下不慈，既不能与你相互照顾着生活，又不能和你相守着死去，我们一个在天之涯，一个在地之角；你活着的时候不能和我形影相依，死后的魂魄也不能与我在梦中相见，这都是我造成的，又能抱怨谁呢？天哪，我的悲痛哪里有尽头呢！

从现在开始，我对这个世界没什么可留恋的了。我应当在伊水和颍水之畔置办几顷田地，来度过我的晚年。我要教育我的儿子和你的儿子，期望他们长大成人；抚养我的女儿和你的女儿，等到她们出嫁，我的心愿也只是这些了！唉！话有说尽的时候而悲痛的心情却是无穷的，这些你知道吗？还是不知道呢？唉！悲恸啊！请享用祭品吧！

杂说（选二）

其一

龙嘘气成云。云固弗灵于龙也，然龙乘是气，茫洋穷乎玄间，薄[1]日月，伏[2]光景，感震电，神变化，水下土，汩陵谷——云亦灵怪乎哉！

云，龙之所能使为灵也。若龙之灵，则非云之所能使为灵也。然龙弗得云，无以神其灵矣。失其所凭依，信不可欤[3]？异哉，其所凭依，乃其所自为也。

《易》曰："云从龙。"既曰龙，云从之矣。

◇注释

[1] 薄：逼近。

[2] 伏：遮蔽。

[3] 欤：语气感叹词，啊。

◇译文

龙吐气而形成云。云本来就不如龙有灵气。然而龙乘着云，可以在茫茫的天空中遨游，靠近日月，遮蔽住它们的光芒，震撼得雷电交加，神奇莫测，使雨水浸润大地，滋养生灵，汇聚成江河，淹没了山陵和峡谷。这云也真是太神奇了！

对云来说，是龙的能力使它这么神奇的。至于龙的灵异，却不是云的能力才使它变得神奇。然而龙没有云的陪衬，就不能显示出它的灵异。失去它所凭借的云，实在是难以做到啊。这是多么奇异啊！龙所凭借依靠的，正是它自己创造出来的云气。

《周易》说："云跟随着龙游动。"既然叫作龙，就应该有云跟随着它啊。

其四

世有伯乐[1]，然后有千里马。千里马常有，而伯乐不常有。故虽有名马，祇辱于奴隶人之手，骈死[2]于槽枥之间，不以千里称也。

马之千里者，一食或尽粟一石。食马者不知其能千里而食也。是马也，虽有千里之能，食不饱，力不足，才美不外见，且欲与常马等不可得，安求其能千里也？

策之不以其道，食之不能尽其材，鸣之而不能通其意；执策[3]而临之曰：天下无马。呜呼！其真无马邪？其真不知马也？

◇注释

[1] 伯乐：秦穆公时人，名孙阳，善于相马。

[2] 骈死：一起死。骈，两马并驾，这里指一起。

[3] 执策：执鞭，拿着马鞭。

◇译文

世上先有了伯乐，然后才会有千里马被发现。千里马是经常有的，可是伯乐却不经常有。所以，虽然有很多名贵的马，也只能在仆役的手下忍辱负重，跟普通的马一起老死在马厩里，没有机会成为千里马了。

一日能行千里的马，一顿差不多能吃下一石粮食。喂马的人不知道要根据它日行千里的食量去喂养它。所以这样的马，即使有日行千里的能力，却由于吃不饱，力气不足，它的才能和素质也就体现不出来，现在想要它跟普通的马能力相当尚且办不到，又怎么能要求它日行千里呢？

驾驭它时不能顺其本性，饲养它时又不能提供充足的饲料，听到它的哀鸣，却不能明白它的意思；反而拿着马鞭，站在它的面前，对它说："天下竟然没有千里马。"唉！难道真的没有千里马吗？还是他们真不认识千里马呢？

师说

古之学者必有师。师者，所以传道[1]、受业、解惑也。人非生而知之者，孰能无惑？惑而不从师，其为惑也，终不解矣。生乎吾前，其闻[2]道也，固先乎吾，吾从而师之；生乎吾后，其闻道也，亦先乎吾，吾从而师之。吾师道也，夫庸知其年之先后生于吾乎？是故无贵无贱，无长无少，道之所存，师之所存也。嗟乎[3]！师道之不传也久矣，欲人之无惑也难矣。古之圣人，其出人也远矣，犹且从师而问焉；今之众人，其下[4]圣人也亦远矣，而耻学于师。是故[5]圣益圣，愚益愚。圣人之所以为圣，愚人之所以为愚，其皆出于此乎！

爱其子，择师而教之；于其身也，则耻师焉[6]，惑矣。彼童子之师，授之书而习其句读者，非吾所谓传其道、解其惑者也。句读[7]之不知，惑之不解，或师焉，或不焉。小学而大遗，吾未见其明也。

巫医、乐师、百工之人，不耻相师。士大夫之族，曰师、曰弟子云者，则群聚而笑之。问之，则曰：彼与彼，年相若也，道相似也。位卑则足羞，官盛则近谀[8]。呜呼！师道之不复可知矣。巫医、乐师、百工之人，君子不齿。今其智乃反不能及，其可怪也欤！

圣人无常师。孔子师郯子、苌弘、师襄、老聃。郯子之徒，其贤不及孔子。

孔子曰："三人行，则必有我师。"是故弟子不必不如师，师不必贤于弟子，闻道有先后，术业有专攻，如是而已。

李氏子蟠，年十七，好古文，六艺经传皆通习之。不拘于时，学于余。余嘉其能行古道，作《师说》以贻[9]之。

◇注释

[1] 道：指儒家的哲学和政治原理。

[2] 闻：听，引申为懂得。

[3] 嗟乎：语气叹词，唉。

[4] 下：低于。

[5] 是故：因此。

[6] 耻师焉：以从师为耻的样子。

[7] 句读：断句。

[8] 谀：奉承。

[9] 贻：赠送。

◇译文

古代求学的人一定有老师。所谓老师，就是传授道理、教授学业、解答疑难问题的人。人不是生下来就懂得道理的，谁能没有疑惑的问题呢？有了疑惑却不向老师学习，那些疑难问题，就始终不能得到解决。比我先出生的人，他懂得的道理本来就早于我，我应该向他学习；比我晚出生的人，如果他懂得的道理也早于我，我也应该把他当作老师。我是向他学习知识的，哪管他的年龄是比我大还是比我小呢？因此，无论地位高低贵贱，无论年纪大小，道理存在的地方，就是老师存在的地方。唉！从师学道的风尚已经很久没有人传扬了，想要人没有疑惑，难啊。古代的圣人，即使他们已经超出常人很远了，也会向老师请教问题；现在的一般人，他们的才智远远低于圣人，却以向老师请教为耻。因此圣人就更加圣明，愚人就更加愚昧。圣人之所以能成为圣人，愚人之所以成为愚人，大概都出于这个原因吧！

人们爱自己的孩子，就选择老师来教他；而他自己呢，却以从师学习为耻辱，真是糊涂啊！那些孩子们的老师，是教他们读书以及诵读断句的，并不是我所说的那些能传授道理，解答疑难问题的老师。不明白断句的问题就向老师请教，有疑难问题却不向老师请教。小的方面倒要学习，大的方面反而放弃，我没看出这样的人是明智的。

巫医、乐师和各种工匠，他们不以互相学习为耻。士大夫这类人，听到称“老师”称“弟子”的，就聚在一起讥笑人家。问他们原因，他们就说：他和他年龄差不多，道德学问也差不多，居然称呼对方为老师。称呼地位低的人为师，就觉得是很大的羞耻，称呼官职高的人为师，就近乎谄媚了。唉！古代那种跟从老师学习的风尚不能恢复，从这些话里就能发现原因了。巫医、乐师和各种工匠，君子对他们不屑一提，现在这些士大夫的才智反而赶不上这些人，真是令人奇怪啊！

圣人没有固定的老师。孔子曾拜郯子、苌弘、师襄、老聃为师。郯子等人，他们的才能和德行都比不上孔子。孔子说：“三个人一起走，其中一定有可以当我的老师的人。”因此，学生不一定不如老师，老师不一定比学生贤能，因为懂得的道理有早有晚，学问技艺各有专长，不过如此而已。

李家的孩子名蟠，今年十七岁，喜欢古文，六经的经文和传文全都学习了。他不受世俗的拘束，向我学习。我赞许他能够遵行古人从师之道，便写了这篇《师说》赠送给他。

送孟东野序

大凡物不得其平则鸣。草木之无声，风挠之鸣；水之无声，风荡之鸣。——其跃也或激之，其趋也或梗[1]之，其沸也或炙之；金石之无声，或击之鸣；人之于言也亦然，有不得已者而后言。其歌也有思，其哭也有怀，凡出乎口而为声者，其皆有弗平者乎！乐也者，郁于中而泄于外者也，择其善鸣者而假之鸣[2]。金、石、丝、竹、匏、土、革、木八者，物之善鸣者也。维天之于时也亦然，择其善鸣者而假之鸣。是故以鸟鸣春，以雷鸣夏，以虫鸣秋，以风鸣冬。四时之相推敚[3]，其必有不得其平者乎！

其于人也亦然：人声之精者为言；文辞之于言，又其精也，尤择其善鸣者而假之鸣。其在唐虞，咎陶、禹其善鸣者也，而假以鸣；夔[4]弗能以文辞鸣，又自假于《韶》以鸣；夏之时，五子以其歌鸣；伊尹鸣殷；周公鸣周——凡载于《诗》《书》六艺，皆鸣之善者也。周之衰，孔子之徒鸣之，其声大而远；《传》曰："天将以夫子为木铎[5]。"其弗信矣乎！其末也，庄周以其荒唐之辞鸣。楚，大国也，其亡也，以屈原鸣。臧孙辰、孟轲、荀卿，以道鸣者也。杨朱、墨翟、管夷吾、晏婴、老聃、申不害、韩非、昚到、田骈、邹衍、尸佼、孙武、张仪、苏秦之属，皆以其术鸣。秦之兴，李斯鸣之。汉之时，司马迁、相如、扬雄，最其善鸣者也。其下魏、晋氏，鸣者不及于古，然亦未尝绝也。

就其善者，其声清以浮，其节数以急[6]，其辞淫以哀，其志弛以肆[7]，其为言也杂乱而无章。将天丑其德莫之顾邪？何为乎不鸣其善鸣者也？

唐之有天下，陈子昂、苏源明、元结、李白、杜甫、李观皆以其所能鸣。其存而在下者，孟郊东野始以其诗鸣，其高出魏、晋，不懈而及于古；其他浸淫乎汉氏矣。从吾游者，李翱、张籍其尤也。三子者之鸣信善矣。抑不知天将和其声而使鸣国家之盛邪？抑将穷饿其身、思愁其心肠而使自鸣其不幸邪？三子者之命则悬乎天矣。其在上也奚以喜，其在下也奚以悲！

东野之役于江南也，有若不释然者。故吾道其命于天者以解之。

◇注释

[1] 梗：阻塞。

[2] 假之鸣：借助其他物体发出鸣声。

[3] 推敚（duó）：推移。

[4] 夔：传说中舜帝时的乐官。

[5] 木铎：铜质的大铃，以木为舌。古代以摇木铎为召集群众的信号。

[6] 节数以急：节奏繁复急促。

[7] 弛以肆：松弛而放纵。

◇译文

一般说来事物处在不平静的时候就会发出声音。草木本来没有声音，风摇动它就发出声响。水本来没有声音，风吹荡它就发出声响。水浪翻飞，有时是因为有东西在阻遏水势；水流湍急，有时是因为有东西阻塞了水道；水沸腾，是因为有火在烧煮它。金属石器本来没有声音，有人敲击它就发出音响。人也同样如此，往往到了不得不说的时候才发声。人们唱歌是为了寄托情感，人们哭泣是因为心有所感，一切从口中发出而成为声音的，大概都有不平静的原因吧！音乐，是人们心中郁闷而抒发出来的声音，人们选择适合发音的东西来奏乐。金、石、丝、竹、匏、土、革、木这八种材质，是各类物品中发音最好的。自然界的四季也是这样，选择最善于发声的动物或大自然的现象并凭借它来代表时令。因此，百鸟争鸣代表春天，雷霆轰鸣代表夏天，虫声唧唧代表秋天，寒风呼啸代表冬天。一年四季互相推移变化，一定也是有不平静的原因吧！

对于人类来说也是如此：人类声音的精华是语言；文辞又是语言的精华，所以尤其要选择善于表达的人，依靠他们来表达意见。在唐尧、虞舜时，咎陶、禹是善于表达的人，因而就借助他俩来表达；夔不能用文辞来表达，他就凭借演奏《韶》乐来表达；夏朝的时候，太康的五个弟弟用他们的歌声来表达；伊尹是殷朝善于表达的人；周公是周朝善于表达的人——凡是记载在《诗经》《尚书》等儒家六种经典上的诗文，都是高明的表达。周朝衰落时，孔子等人表达看法，他们的声音洪大而且传播遥远；《论语》上说："上天将使孔子宣扬教化。"这难道不是真的吗？周朝末年，庄周用他那恣意荒诞的文辞来表达。楚国是大国，它灭亡时，是屈原发出声音。臧孙辰、孟轲、荀卿等人用他们的学说来表达。杨朱、墨翟、管夷吾、晏婴、老聃、申不害、韩非、慎到、田骈、邹衍、尸佼、孙武、张仪、苏秦等人，都通过各自的主张来表达。

秦朝的兴起，李斯是表达者。在汉朝，司马迁、司马相如、扬雄，都是这一时代最善于表达的人。此后的魏朝、晋朝，善于表达的人比不上古代，可是也并未绝迹。就其中善于表达的人来说，他们发出的声音清淡而虚浮，节奏繁杂而急促，辞藻艳丽而哀伤，志趣颓废而放纵，他们的文辞也杂乱无章。是不是因为上天厌弃这个时代的丑德败行而不愿照顾他们呢？为什么不让那些最善于表达的人出来表达呢？

唐朝建立以后，陈子昂、苏源明、元结、李白、杜甫、李观，都尽他们的能力来发声。在他们之后的人，孟东野开始用他的诗歌来发声。他的作品超过了魏、晋人的水平，经过不懈的努力，有的作品已达到了上古诗作的水平；其他作品也都接近了汉朝的水准。我所交往的人中，李翱、张籍也是非常出色的，这三个人的文辞表达都比较突出。但不知道上天是想让他们为国家的强盛而互相唱和呢，还是想让他们将遭受的贫穷、饥饿和愁肠百结用作品来表达出来呢？他们三位的命运，掌握在上天的手里。身居高位有什么可喜的？身份卑微又有什么可悲的呢？

孟东野将要去江南地区任职，心中好像有事不能释然。因此，我讲了这番命由天定的话来劝慰他。

送董邵南序

燕、赵古称多感慨悲歌之士。董生举进士，连不得志于有司，怀抱利器[1]，郁郁适兹土。吾知其必有合也。董生勉乎哉！夫以子之不遇时，苟慕义强仁者皆爱惜焉，矧[2]燕、赵之士出乎其性者哉！

然吾尝闻风俗与化移易，吾恶[3]知其今不异于古所云邪？聊以吾子之行卜之也。董生勉乎哉！

吾因子有所感矣。为我吊望诸君[4]之墓，而观于其市，复有昔时屠狗者[5]乎？为我谢曰：明天子在上，可以出而仕矣。

◇注释

[1] 利器：比喻杰出的才能。

[2] 矧（shěn）：况且。

[3] 恶：怎么。

[4] 望诸君：指战国时期燕国名将乐毅。

[5] 屠狗者：本指战国荆轲的朋友高渐离，此处指不得志的豪侠壮士。

◇译文

自古就传说燕赵一带有很多慷慨重义、悲壮可歌的豪杰。董生参加进士考试，接连几次都未被主考官录取，他怀有杰出的才能，心情忧郁地想去燕赵之地谋职。我料知他此去一定会受到赏识。董生，你要努力啊！像你这样怀才不遇的人，如果遇到了仰慕正义、力行仁道的人，他们都会同情爱惜你的，更何况燕赵一带的豪杰都有仰慕仁义的本性呢！

然而我曾听说风俗是随着教化而改变的，我怎么能知道那里的风气跟古时候说的是不是一样呢？姑且通过你的这次出行去证实一番吧！董生，你要努力啊！

我因为你的这次出行而产生了一些想法。请你代替我去凭吊一下望诸君乐毅的墓，同时去看看他们的集市上，还有像高渐离那样被埋没在草野的豪侠壮士吗？请你代替我向他们致意说："有圣明的天子在上面当政，你们可以出来为国家效力了！"

应科目时与人书

月日，愈再拜：

天池[1]之滨，大江之濆[2]，曰有怪物焉；盖非常鳞凡介之品汇匹俦[3]也。其得水，变化风雨、上下于天不难也；其不及水，盖寻常尺寸之间耳。无高山大陵、旷途绝险为之关隔也。然其穷涸不能自致乎水、为猵獭[4]之笑者，盖十八九[5]矣。如有力者哀其穷而运转之，盖一举手一投足之劳也。

然是物也，负其异于众也。且曰：烂死于沙泥，吾宁乐之；若俛首[6]帖耳、摇尾而乞怜者，非我之志也。是以有力者遇之，熟视之若无睹也。其死其生，固不可知也。今又有有力者当其前矣，聊试仰首一鸣号焉。庸讵[7]知有力者不哀其穷而忘一举手一投足之劳而转之清波乎？其哀之，命也；其不哀之，命也；知其在命而且鸣号之者，亦命也。

愈今者实有类于是。是以忘其疏愚[8]之罪，而有是说焉。阁下其亦怜察之。

◇注释

[1] 天池：寓言中的南海。

[2] 濆（fén）：水边。

[3] 品汇匹俦：同一类的事物。

[4] 猵（biān）獭：小水獭。

[5] 十八九：十之八九，指多次。

[6] 俛首：低头，表示屈从。

[7] 庯讵：何以，怎么，表反问。

[8] 疏愚：疏忽、愚钝。

◇译文

某月某日，韩愈再拜：

南海之滨，大江之畔，传说有怪物存在；不是平常鳞甲类的鱼类水兽可以比得上的。如果它得了水，就能呼风唤雨，上天入地都很容易。如果它得不到水，也就和平常大小的动物一样了。无须高山险阻、旷野绝壁就能把它困住。然而当它在干涸无水的环境中，却不能自己去水边汲水，因而十次有八九次都被小水獭之流嘲笑。如果有力气大的人，可怜它的困境而把它运转到有水的地方，也不过是举手之劳啊。

但是这种怪物很自负，认为自己与大众不同，而且说："就算烂死在沙泥里，我也高兴。如果俯首帖耳，摇着尾巴装可怜，那不是我的志向。"因此有力气的人遇到它，也熟视无睹。它的死活，我们也无从知道了。如今又有一个有能力的人走到它的面前，它便试着抬头鸣叫一声。哪里知道这个有力气的人并不可怜它的困境，是忘记了仅仅是举手之劳就能把它转移到水里吗？别人可怜它，是它的命；别人不可怜它，也是它的命。知道生死有命还鸣叫求助的，也是它的命。

我如今确实有点类似于它的这种状况。因此，我不顾自己的学识浅陋，写下了这些话。希望阁下您能怜惜并理解我。

原道[1]

博爱之谓仁，行而宜之之谓义，由是而之焉之谓道，足乎己[2]无待于外之谓德。仁与义为定名，道与德为虚位[3]。故道有君子小人，而德有凶有吉。

老子之小[4]仁义，非毁之也，其见者小也。坐井而观天，曰天小者，非天小也。彼以煦煦为仁，孑孑[5]为义，其小之也则宜。其所谓道，道其所道，非吾所谓道也；其所谓德，德其所德，非吾所谓德也。凡吾所谓道德云者，合仁与义言之也，天下之公言也。老子之所谓道德云者，去仁与义言之也，一人之私言也。

周道衰，孔子没[6]，火于秦[7]，黄老[8]于汉，佛于晋、魏、梁、隋之间。其言道德仁义者，不入于杨，则入于墨；不入于老，则入于佛。入于彼，必出乎此。入者主之，出者奴之；入者附之，出者污之。噫！后之人其欲闻仁义道德之说，孰从而听之？老者曰："孔子，吾师之弟子也。"佛者曰："孔子，吾师之弟子也。"为孔子者，习闻其说，乐其诞而自小也，亦曰"吾师亦尝师之"云尔。不惟举之于其口，而又笔之于其书。噫！后之人虽欲闻仁义道德之说，其孰从而求之？甚矣，人之好怪也！不求其端，不讯[9]其末，惟怪之欲闻。古之为民者四[10]，今之为民者六[11]；古之教者处其一，今之教者处其三。农之家一，而食粟之家六；工之家一，而用器之家六；贾之家一，而资焉之家六。奈之何民不穷且盗也！

古之时，人之害多矣。有圣人者立，然后教之以相生养之道；为之君，为之师，驱其虫蛇禽兽而处之中土[12]。寒然后为之衣，饥然后为之食。木处而颠，土处而病也，然后为之宫室；为之工，以赡其器用；为之贾，以通其有无；为之医药，以济其夭死；为之葬埋祭祀，以长其恩爱；为之礼，以次其先后；为之乐，以宣其湮郁[13]；为之政，以率其怠倦；为之刑，以锄其强梗[14]。相欺也，为之符玺、斗斛、权衡以信之；相夺也，为之城郭甲兵以守之。害至而为之备，患生而为之防。今其言曰："圣人不死，大盗不止；剖斗折衡，而民不争。"呜呼！其亦不思而已矣！如古之无圣人，人之类灭久矣。何也？无羽毛鳞介以居寒热也，无爪牙以争食也。是故君者，出令者也；臣者，行君之令而致之民者也；民者，出粟米麻丝，作器皿，通货财，以事其上者也。君不出令，则失其所以为君；臣不行君之令而致之民，则失其所以为臣；民不出粟米麻丝，作器皿，通货财，以事其上，则诛。今其法曰："必弃而君臣，去而父子，禁而相生相养之道，以求其所谓清净寂灭[15]者。"呜呼！其亦幸而出于三代之后，不见黜于禹、汤、文、武、周公、孔子也；其亦不幸而不出于三代之前，不见正于禹、汤、文、武、周公、孔子也。

帝之与王，其号各殊，其所以为圣一也。夏葛而冬裘，渴饮而饥食，其事殊，其所以为智一也。今其言曰："曷不为太古之无事？"是亦责冬之裘者曰："曷不为葛之之易也？"责饥之食者曰："曷不为饮之之易也？"传曰："古之欲明明德[16]于天下者，先治其国；欲治其国者，先齐其家；欲齐其家者，先修其身；欲修其身者，先正其心；欲正其心者，先诚其意。"然则古之所谓正心而诚意者，将以有为也。今也欲治其心，而外天下国家，灭其天常，子焉而不父其父，臣焉而不君其君，民焉而不事其事。孔子之作《春秋》也，诸侯用夷礼则夷之，进于中国则中国之。经曰：“夷狄之有君，不如诸夏之亡。”《诗》曰：“戎狄是膺[17]，荆舒是惩。”今也举夷狄之法，而加之先王之教之上，几乎其不胥而为夷也！

夫所谓先王之教者，何也？博爱之谓仁，行而宜之之谓义，由是而之焉之谓道，足乎己无待于外之谓德。其文，《诗》《书》《易》《春秋》；其法，礼、乐、刑、政；其民，士、农、工、贾；其位，君臣、父子、师友、宾主、昆弟、夫妇；其服，麻、丝；其居，宫、室；其食，粟米、果蔬、鱼肉。其为道易明，而其为教易行也。是故以之为己[18]，则顺而祥；以之为人，则爱而公；以之为心，则和而平；以之为天下国家，无所处而不当。是故生则得其情，死则尽其常；效焉而天神假，庙焉而人鬼飨[19]。曰：“斯道也，何道也？”曰：“斯吾所谓道也，非向所谓老与佛之道也。”尧以是传之舜，舜以是传之禹，禹以是传之汤，汤以是传之文武周公，文武周公传之孔子，孔子传之孟轲；轲之死，不得其传焉。荀与扬也，择焉而不精，语焉而不详。由周公而上，上而为君，故其事行；由周公而下，下而为臣[20]，故其说长[21]。

然则如之何而可也？曰：“不塞不流，不止不行。人其人，火其书，庐其居，明先王之道以道之，鳏寡孤独废疾者有养也。其亦庶乎其可也。”

◇注释

[1] 原道：探求儒家的仁义之道。

[2] 足乎己：使自己满足。

[3] 虚位：不确定的东西。

[4] 小：轻视。

[5] 孑孑：孤独的样子。

[6] 没：同“殁”，死。

[7] 火于秦：秦始皇焚书。

[8] 黄老：汉初以来以黄帝、老子为祖的黄老学派。

[9] 讯：探寻。

[10] 古之为民者四：古代把人划分为士、农、工、商四个阶层。

[11] 六：士、农、工、商、和尚、道士。

[12] 中土：中原地带。

[13] 湮郁：情志抑郁。

[14] 强梗：强暴之徒。

[15] 寂灭：熄灭，佛家指远离所有恶行烦恼。

[16] 明明德：弘扬光明的道德。

[17] 膺：进攻。

[18] 以之为己：用先王的道理来约束自身。

[19] 飨：同“享”，享用。

[20] 下而为臣：这些人都是臣子。

[21] 其说长：弘扬儒家学说，使其得以流传。

◇译文

博爱叫作“仁”，合乎“仁”的行为叫作“义”，沿着“仁义”之路前进便为“道”，自身具备完备的修养而不去依靠外界的力量叫作“德”。仁和义是意义确定的名词，道和德是意义不确定的名词。所以道可以分为君子之道和小人之道，而德可以分为恶德和美德。

老子轻视仁义，并不是诋毁仁义，而是因为他的见识少。就好像坐在井里观天的人，说天很小，其实天并不小。老子把小恩小惠当成仁，把孤立不群认为义，他轻视仁义就是很自然的了。老子所说的道，是他所认为的道，不是我所说的道。他所说的德，是他所认为的德，不是我所说的德。我所说的道和德，都是结合仁和义来说的，是天下人共同探寻的。老子所说的道和德，是抛开了仁和义来说的，只是他的一个说法而已。

自从周道衰落，孔子去世后，秦始皇焚书坑儒，黄老之学盛行于汉代，佛教盛行于晋、魏、梁、隋朝。那时谈论道德仁义的人，不是被归入杨朱学派，就是被归入墨翟学派；不是被归入道学，就是被归入佛学。归入了那一家，必然就轻视这一家。尊崇所归入的学派，就贬低所背离的学派；依附归入的学派，就污蔑反对的学派。唉！后世的人想知道仁义道德的学说，应该听谁的呢？崇尚道家的人说：“孔子是我们老师的学生。”崇尚佛家的人说：“孔子是我们老师的学生。”研究孔学的人，听久了他们的话，乐于接受他们的荒诞言论而轻视自己，也说“我们的老师曾向他们学习”这一类的话。不仅在口头说，而且又把它写在书上。唉！后世的人就算想要知道关于仁义道德的学说，又该向谁请教呢？人们习惯了听怪诞的言论，真是太过分了！他们不探求事情的源头，不探究事情的结果，只喜欢听怪诞的说法。古代的百姓分为四类，士、农、工、商，今天的百姓分为六类，士、农、工、商、和尚、道士；古代担负有教育百姓任务的，只占四类中的一类，今天却有三类。一家务农，要供应六家粮食；一家务工，要供应六家器物；一家经商，要为六家提供服务。怎么能使人民不因为穷困而去偷盗啊！

远古时期，人类遭受了很多灾难。有圣人出来，才教给人们相生相养的方法；做他们的君王，当他们的老师，带领他们驱走那些蛇虫禽兽，带领人们在中原安居。天冷了就教他们做衣裳，饿了就教他们种庄稼。因为住在树木上容易掉下来，住在山洞里容易生病，于是就教他们建造房屋；又教他们做器具，以供应生活用具；教他们经商，互通商品有无；教他们医学知识，以拯救那些垂死之人；教他们制订丧葬、祭祀的制度，以增进人与人之间的感情；教他们礼节，以规定长幼尊卑秩序；教他们音乐，来宣泄人们心中的苦闷；教他们制定政令，以督促那些懒惰的人；教他们制定刑罚制度，以铲除那些暴徒。因为有人弄虚作假，于是又制作符节、印玺、斗斛、秤尺，来使他们诚信；因为有抢劫的事情发生，于是设置了城池、盔甲、兵器来守护家国。灾害来了就设法防备，祸患将要发生，就要及早预防。如今道家却说："如果圣人不死，盗贼就不会停止；只要砸烂斗斛、折断秤尺，人们就不会抢夺了。"唉！这都是没有经过仔细思考的话罢了！如果古代没有圣人，人类早就灭亡了。这是为什么呢？因为人类没有羽毛鳞甲以适应严寒酷暑，也没有强硬的爪牙来抢夺食物。所以说，君王是发布命令的；臣子是执行君王的命令然后在百姓中实施的；百姓是生产粮食、种植丝麻、制作器物、买卖商品来供奉统治者的。君王不发布命令，就丧失了作为君王的权力和资格；臣子不执行君王的命令并且实施到百姓身上，就失去了作为臣子的资格和职责；百姓不生产粮食、种植丝麻、制作器物、买卖商品来供奉统治者，就应该受到惩罚。如今佛家却说："一定要抛弃你们的君臣关系，消除你们的父子关系，禁止你们相生相养的办法，从而追求那些所谓清净寂灭的境界。"哎呀！他们有幸出生在三代之后，没有被夏禹、商汤、周文王、周武王、周公、孔子所贬斥；他们又很不幸，因为没有出生在三代以前，没有受到夏禹、商汤、周文王、周武王、周公、孔子等圣人的教导。

五帝与三王，他们的名号虽然各不相同，但他们成为圣人的原因却是相同的。夏天穿葛衣，冬天穿皮衣，渴了要喝水，饿了要吃饭，这些事情虽然各不相同，但它们所表现出的人类的智慧是相同的。如今道家却说："为什么不实行远古时期的无为而治呢？"这就好像责怪人们在冬天穿皮衣："为什么不穿简便的葛衣呢？"或者责怪人们饿了要吃饭："为什么不喝水，岂不简单得多？"《礼记》说："在古代，想要发扬他的德行的人，一定要先治理好他的国家；要治理好他的国家的人，一定要先整顿好他的家庭；要整顿好他的家庭的人，必须先提高自身的修养；要提高自身的修养的人，必须先端正自己的思想；要端正自己的思想的人，就要先使自己具有诚意。"既然如此，那么古人所谓正心和诚意，都是为了要有所作为。现在那些修心养性的人，却抛开天下国家，抛弃了纲常伦理，做儿子的不孝敬父亲，做臣子的不忠于君上，做百姓的不做他们该做的事。孔子作《春秋》，对于采用夷狄礼俗的诸侯，就把他们列入夷狄，对于采用中原礼俗的诸侯就将他们看作是中原人。《论语》说："夷狄虽然有君主，还不如中原诸国没有君主好。"《诗经》说："应当攻击夷狄，应当惩罚荆舒。"如今，却尊崇夷狄之法，把它抬高到先王的政教之上，那么我们岂不是全都要沦为夷狄了！

我所认为的先王的政教，指的是什么呢？博爱即称为仁，合乎仁的行为即称为义，从仁义再向前去就是道，自身具有良好的修养而不依赖外界的力量叫作德。讲仁义道德的书有《诗经》《尚书》《易经》和《春秋》；体现仁义道德的法式就是礼仪、音乐、刑法、政令；圣人所教育的百姓就是士、农、工、商；他们的伦理次序是君臣、父子、师友、宾主、兄弟、夫妇；他们穿的衣服是麻布、丝绸；他们居住的地方是房屋；他们吃的食物是粮食、瓜果、蔬菜、鱼肉。其阐明的理论是很容易明白的，也是很容易推广的。所以，用它们来教育自己，就能和顺吉祥；用它们来对待别人，就能做到博爱公正；用它们来修身养性，就能平和而宁静；用它们来治理天下国家，就没有不恰当的地方。所以，人活着就能感受到相互之间的情谊，死了则是正常结束人生；祭天，则天神降临，祭祖，则祖先的灵魂来享用。有人问："你说的道，是什么道呀？"我说："这是我所认为的道，不是刚才所说的老子的道和佛家的道。"这个道是从尧传给舜，舜传给禹，禹传给汤，汤传给文王、武王、周公，文王、武王、周公传给孔子，孔子传给孟轲；孟轲死后，没有再往后传。只有荀卿和扬雄，从里面选用过一些但选得不精，论述过一些但并不全面。在周公以前，都是君王继承之，所以儒道能够实行；在周公以后，都是臣子继承之，所以他们的学说能够流传。

那么，怎样才能使儒道实行呢？我以为："不堵塞佛老之道，儒道就没办法实行。必须把和尚、道士还俗为民，烧掉佛经、道书，把佛寺、道观改成民房，发扬先王之道去教导人民，使鳏夫、寡妇、孤儿、老人、残疾人、病人都能得到照料。这样做差不多就可以了。"